中华聚珍
文学丛书

〔宋〕周邦彦 著

刘斯奋 译注

周邦彦词今译

中华书局

图书在版编目(CIP)数据

周邦彦词今译/(宋)周邦彦著;刘斯奋译注. —北京:中华书局,2019.12
(中华聚珍文学丛书)
ISBN 978-7-101-14156-6

Ⅰ.周…　Ⅱ.刘…　Ⅲ.①宋词-选集②宋词-译文③宋词-注释　Ⅳ.I222.844

中国版本图书馆 CIP 数据核字(2019)第 218798 号

书　　名	周邦彦词今译
著　　者	〔宋〕周邦彦
译 注 者	刘斯奋
丛 书 名	中华聚珍文学丛书
责任编辑	郭时羽
出版发行	中华书局
	(北京市丰台区太平桥西里 38 号　100073)
	http://www.zhbc.com.cn
	E-mail:zhbc@zhbc.com.cn
印　　刷	北京瑞古冠中印刷厂
版　　次	2019 年 12 月北京第 1 版
	2019 年 12 月北京第 1 次印刷
规　　格	开本/880×1230 毫米　1/32
	印张 6½　插页 2　字数 150 千字
印　　数	1-4000 册
国际书号	ISBN 978-7-101-14156-6
定　　价	26.00 元

导　读

　　北宋宣和三年(1121)，在南京的一所道观——鸿庆宫中传出噩耗：该宫提举①、前徽猷阁待制提举大晟府②周邦彦病故了。

　　这位北宋末期最杰出的词人，文人词的集大成者，著名的宫廷音乐家，经历了神宗、哲宗、徽宗三朝，以他优雅、妙曼、伤感的作品风靡词坛，赢得巨大的声誉，终于在六十六岁这一年，停止了他的歌唱。

　　也许，他死得正是时候。因为这一年，腐朽不堪的北宋王朝，正被方腊等人领导的农民起义弄得焦头烂额，用了极残暴的手段，才把起义农民镇压下去。可是，这个腐朽的政权却无法抵御北方金人的进攻。六年之后，汴京陷落，徽、钦二帝被掳北去，北宋王朝就宣告覆亡了。周邦彦先此而逝，使他得以免于经历这惨痛的一幕。

　　也许，他死得太早了一点。因为国破家亡的深痛巨创，会强有力地影响他的创作，使他从偎红倚翠的残梦中惊醒过来，唱出更多一些时代之音、家国之恸。如果我们看到像宋徽宗赵佶那样一位昏庸腐败的皇帝，在亡国被俘之后，也写出了《燕山亭》《眼儿媚》③一类的哀歌，那么，对于周邦彦做出这样推测，也就不是没有理由的了。然而，过早的逝世，使他未能用这一方面的主题来充实、开拓他的创作领域。就他所应该取得的成就而言,这不能不是一种遗憾。

然而,不管怎样,作为一个词人,周邦彦无疑已经取得了巨大的成功。据陈郁《藏一话腴》记载:"美成自号清真,二百年来以乐府独步,贵人、学士、市侩、妓女,皆知美成词为可爱。"

楼钥《清真先生文集序》:"乐府播传,风流自命……顾曲名堂,不能自已。"

张端义《贵耳集》:"邦彦以词行,当时皆称美成词,殊不知美成文笔大有可观……惜以词掩其他文也。"

沈雄《古今词话》:"徽庙时,邦彦提举大晟乐府,每制一词,名流辄为赓和。东楚方千里、乐安杨泽民全和之,合为《三英集》行世。"

仅从上述点滴记载中,我们也可以知道,当时无论是在官场上,还是在市井民间,周邦彦的名声都已经很响亮了。

就是皇帝,对他的才能也十分赏识,让他提举(掌管)大晟府(全国的音乐总署)便是一个证明。据《历代诗馀》引用《古今词话》的一条材料说:"王都尉有《忆故人》词云:'烛影摇红向夜阑,乍酒醒、心情懒。尊前谁为唱《阳关》,离恨天涯远。 无奈云沉雨散。凭栏杆、东风泪眼。海棠开后,燕子来时,黄昏庭院。'徽宗喜其词,犹以为不尽宛转,遂令大晟乐府别撰腔。周美成增损其词,而以首句为名,谓之《烛影摇红》云。"这个王都尉,就是王诜。他是宋英宗的女儿魏国大长公主的丈夫,官为驸马都尉,诗、书、画都很有名。连他的词都让周邦彦修改,足见周邦彦在当时词坛上的权威地位。

至于后人对他的推崇,就更是不胜枚举了。

例如刘肃说:"周美成以旁搜远绍之才,寄情长短句,缜密典丽,流风可仰;其征辞引类,推古夸今,或借字用意,言言皆有来历,真足冠冕词林。"(《片玉集》序)

沈义父说:"作词当以清真为主……下字运意,皆有法度,往往自唐、宋诸贤诗句中来,而不用经史中生硬字面,此所以为冠绝也。"(《乐府指迷》)

《四库全书总目》说:"邦彦妙解声律,为词家之冠。所制诸调,不独音之平仄宜遵,即仄字中上、去、入三音,亦不容相混,所谓分刌节度,深契微芒。故千里和词,字字奉为标准。"(《片玉词提要》)

周济说:"美成思力,独绝千古,如颜平原书,虽未臻两晋,而唐初之法至此大备,后有作者,莫能出其范围矣。"(《介存斋论词杂著》)

陈廷焯说:"词至美成,乃有大宗,前收苏、秦之终,复开姜、史之始,自有词人以来,不得不推为巨擘,后之为词者,亦难出其范围。"(《白雨斋词话》)

今天的读者尽可以不赞同这些评价。但是,至少可以说明,周邦彦在历史上曾经有过的地位。

那么,周邦彦究竟是个什么样的词人?他的作品有些什么特点?他为什么会在词坛上取得如此崇高的地位呢?现在,让我们从他的生平说起。

周邦彦,字美成,别号清真居士。仁宗嘉祐元年丙申(1056)出生于钱塘,也就是后来南宋的都城临安,即今天的浙江省杭州市。早在北宋以前,那就是一个繁华美丽的城市。词人柳永曾经在《望海潮》词里描述:

> 东南形胜,三吴都会,钱塘自古繁华。烟柳画桥,风帘翠幕,参差十万人家。云树绕堤沙,怒涛卷霜雪,天堑无涯。市列珠玑,户盈罗绮,竞豪奢。重湖叠巘清嘉,有三秋桂子,十里荷花。羌管弄晴,菱歌泛夜,嬉嬉钓叟莲娃。千骑拥高牙,乘醉听箫鼓,吟赏烟霞。异日图将好景,归去凤池夸。

不难想象,这样一个山明水秀的地方,这样一个纸醉金迷的都市,对于少年词人的思想和气质的形成,会产生多么深远的影响。日后在他的词中所表现出来的富艳精工、珠鲜玉艳、淡远清妍一类特色,都有着这个江南都会的鲜明印记。可是在当时,词人却因为他那多情的性格、艳发的才华和浪漫的行为受到家人和亲族责备,把他看成是一个没有出息的败家子。④

不过,他的游荡是有限度的。在这个时期内,他实际上还在努力攻读,"博涉百家之书"。并于二十四岁这一年,离开钱塘家乡,到汴京进入太学读书。元丰六年(1083),他二十八岁,呈献《汴都赋》一篇,长达万余言(一

中华聚珍文学丛书—周邦彦词今译

说七千言）。据说，其中"多古文奇字"。宋神宗命左丞李清臣朗读，因不能尽识其字，有许多只能按偏旁来读。神宗因此大为惊异，把周邦彦召到政事堂去，提拔为太学正。周邦彦一鸣惊人，其得意心情不难想见。可是，三年之后，神宗死了。哲宗登位。又过了一年，刚好庐州（今安徽省合肥市）需要教授（掌管学校课试等事）一名，周邦彦就被派去充任。后来，又转到了荆州，一直住到哲宗元祐七年（1092）。

周邦彦在东京（汴京）的几年，政治上虽然没有得到更大的进展，但是京城的生活却进一步打开了他的眼界。东京作为当时全国最大的城市、政治和经济的中心，它那种格局和气派又是钱塘所不能比拟的。请看孟元老《东京梦华录序》中的一段记载：

> 仆从先人宦游南北，崇宁癸未到京师。……正当辇毂之下，太平日久，人物繁阜。垂髫之童，但习鼓舞；班白之老，不识干戈。时节相次，各有观赏。灯宵月夕，雪际花时，乞巧登高，教池游苑。举目则青楼画阁，绣户珠帘。雕车竞驻于天街，宝马争驰于御路。金翠耀目，罗绮飘香。新声巧笑于柳陌花衢，按管调弦于茶坊酒肆。八荒争凑，万国咸通。集四海之珍奇，皆归市易；会寰区之异味，悉在庖厨。花光满路，何限春游；箫鼓喧空，几家夜宴。伎巧则惊人耳目，侈奢则长人精神。

这虽是写的徽宗年间的景象,但与神宗年间也相去无几。周邦彦在那几年闲着无事。他又是一个爱玩爱乐的青年,自然是尽情地游荡着、感受着、吸取着,把京城生活的那种典丽深密、浑厚和雅的气息糅进了他的创作中。在京城,他还结识了一大群歌儿舞女,并且和其中的几位建立了较深的情谊。此后,他便常常地思念着她们。直到后来重回京城,他还去寻访她们。

应当说明,当时,东京城内还居住着大量贫苦的人民,而在朝廷里,围绕着坚持变法还是废止变法的问题,以王安石为首的一派官僚,与以司马光为首的另一派官僚也正在展开剧烈的斗争。但是这些,年轻的词人却没有看到,或者看到了,却采取了回避的态度。的确,他的心灵太脆弱,容量也太有限,它装不下那些粗硬的、尖利的、爆炸力太强的东西。

在庐州和荆州七年,再加上到江苏担任溧水县令的四年,周邦彦在外整整漂泊了十一年,其间还可能到陕西长安游历了一次。在这十一年中,他过得似乎并不愉快。他常常怀念着东京,怀念着故乡钱塘,还怀念着他那些相好的歌女们。

在荆州的元宵节,他厌倦地唱道:

因念都城放夜。望千门如昼,嬉笑游冶。钿车罗帕。相逢处、自有暗尘随马。年光是也。唯只见、旧情衰谢。清漏移、飞盖归来,从舞休歌罢。(《解语花》)

当他在汉水之滨，与一位女郎分手之后，他的心情变得那样孤寂、凄凉：

> 情切。望中地远天阔。向露冷风清无人处，耿耿寒漏咽。嗟万事难忘，唯是轻别。（《浪淘沙慢》）

在江苏溧水县，他的乡思越来越强烈了：

> 纶巾羽扇，困卧北窗清晓。屏里吴山梦自到。惊觉。依然身在江表。（《隔浦莲》）

终于，他发出了深沉的怨叹：

> 年年。如社燕，飘流瀚海，来寄修椽。且莫思身外，长近尊前。憔悴江南倦客，不堪听、急管繁弦。歌筵畔，先安簟枕，容我醉时眠。（《满庭芳》）

这结末几句，梁启超曾评论说："最颓唐语，却最含蓄。"⑤事实上，在这十年内，周邦彦身上那种伤感、颓唐的气质得到了进一步的发展，并且在他的词中处处表现出来，成为贯穿他整个创作的一种特质。从大处观之，这又是同当时繁华已极，而又腐朽已极的社会相一致的。或者可以说，正是北宋社会行将凋谢衰亡的信息，在词人敏感的心灵中所造成的感应。是的，周邦彦不是敢于与潮流抗争的健儿,也不是遗世独立的高士。他只是一个与世沉浮的俗人,芸芸众生中的一名歌者。他摆脱不了周遭社会风气的包围;或者,根本没有想过要摆脱它。

大约在哲宗绍圣四年(1097),周邦彦被召回汴京任国子监主簿。次年六月,哲宗在崇政殿召见他,命他重进《汴都赋》,改任秘书省正字。三年后,徽宗继位,改授校书郎。以后,他的宦途似乎顺利起来,升任考功员外郎不久,又当上了卫尉、宗正少卿兼议礼局检讨;几年后,再升为卫尉卿;又以直龙图阁知河中府。后来河中府去不成,次年改知隆德府,徙明州府。政和六年(1116)他再度被召回汴京,入秘书监,进徽猷阁待制提举大晟府。这一年,他已经六十一岁了。两年后,出知顺昌府;宣和二年(1120)徙知处州,同年罢官,提举南京鸿庆宫。因值方腊起义,逃难至杭州,又到扬州。宣和三年(1121)返回南京,同年病故。

周邦彦这后半生的经历,比较平稳。他没有卷入当时激烈的党争,也没有受到大的挫折,他凭借资历一步步地晋升到列卿的地位,词名也一天比一天大了。这时,北宋的词坛,在一百多年当中,已经历了几番演变。仁宗年间,以晏殊、欧阳修为领袖,基本上承袭着晚唐、五代的风范,而主要师法冯延巳的雍容典雅的路子,虽不乏脍炙人口的佳作,到底个性未显,而且只有小令。柳永继起,因仕途失意,流连坊曲,应乐工和歌妓们之请,倾力作词。他精通音律,擅长铺叙,于是吸取民间音乐的发展成果,变旧声为新声,变短调为长调,使词的整个格局为之一新。柳词亦因此普遍风行。但也存在不够成熟的种种弱点,如空疏、直露、浮浅、俚俗等,真正完美成熟之作还不多。到了神宗朝,苏轼很不满意柳词,打算用极端的办法加以改革。他写词,立旨力求雅正高洁,用笔标榜清刚雄健。结果,词的境界扩大了,为南宋豪放派词的出现做了先导。可是终北宋之世,响应他的却少而又少;相反,以矫枉过正,不合音律来攻讦他的,却大有人在。这说明,就词在北宋这个发展阶段而言,苏轼只能是一个开风气的人物,而不是集大成者。这个集大成的任务,是由周邦彦完成的。

现在,我们就来谈谈,作为北宋文人词的集大成者,周邦彦作品的一些特点。

我们知道,文人写词的风气,早在唐代中期就逐渐出现。晚唐、五代有了进一步的发展,其中西蜀和南唐,词风尤盛。入宋以后,结束了安史之乱以来两百年变乱相寻的局面,社会进入较长时期的相对稳定。随着经济的发展,城市的繁荣,词坛也出现了空前鼎盛的局面。纵观从晚唐到北宋末年这二百多年间的创作情况,除了苏轼等个别作者外,词的内容几乎全部都集中在两个方面——风月相思和羁旅行役。之所以会出现这种情况,自然同无论是晚唐、五代,还是北宋时期,文人词都是作为歌筵舞榭上娱乐消闲的工具这一点,有着极大的关系。周邦彦作为一个集大成者,他的创作也同样表现出这种鲜明的特点。王国维在《清真先生遗事》中曾经谈到这一点。他说:"境界有二:有诗人之境界,有常人之境界。诗人之境界,惟诗人能感之而能写之,故读其诗者亦高举远慕,有遗世之意。而亦有得有不得,且得之者亦各有深浅焉。若夫悲欢离合、羁旅行役之感,常人皆能感之,而惟诗人能写之。故其入于人者至深,而行于世也尤广。先生之词属于第二种为多。故宋时别本之多,他无与匹。又和者三家,注者二家。自士大夫以至妇人女子,莫不知有清真,而种种无稽之言,亦由此以起。然非入人之深,乌能如是耶?"事实正是这样,在周邦彦现存的近二百首词中,除了个别的篇章(如《西河·金陵怀古》)外,几乎全部都是抒发"悲欢离合、羁旅行役之感"的作品。他的集大成,从题材来说,就是集的这一方面的大成。而这,又是为词的发展的一定历史阶段所规定了的。我们今天固然可以对周邦彦词的题材狭窄、内容贫弱提出批评,但是,如果我们联系整个词坛发展的历史,以及当时的社会状况来看问题,这一点也就比较容易理解了。

周邦彦的词从题材来说,基本上没有超出晚唐、五代以来的范围。但这并不是说,在思想内容方面也没有任何有个性的东西。相反,周邦彦的词是有着鲜明个性的。这种个性并不仅是表现在个别的一首词或一个句子中,而是在他的整个创作中都体现出来。这种个性就是前文提到的那种伤感和颓唐的气质。《皱水轩词筌》的作者贺裳把它比喻为"柳欹花嚲",可以说是颇为贴切。周邦彦的词给人的印象,确实像一束开到了尽头的鲜花,一树倦于飘拂的垂柳。它们的美,是一种颓废的美。在其中,固然没有愤怒,没有呐喊,没有慷慨高歌,甚至也没有希望和恐惧,有的只是迷惘的微笑、沉沉的鼻鼾和怀旧的伤感。他絮絮叨叨地告诉你,他如何受到命运的播弄,目的仅仅在于得到你的一声同情的叹息,而决不会再多:

> 对宿烟收,春禽静,飞雨时鸣高屋。墙头青玉旆,洗铅霜都尽,嫩梢相触。润逼琴丝,寒侵枕障,虫网吹黏帘竹。邮亭无人处,听檐声不断,困眠初熟。奈愁极顿惊,梦轻难记,自怜幽独。　行人归意速。最先念、流潦妨车毂。怎奈向、兰成憔悴,卫玠清羸,等闲时、易伤心目。未怪平阳客,双泪落、笛中哀曲。况萧索、青芜国。红糁铺地,门外荆桃如菽。夜游共谁秉烛?
>
> ——《大酺·春雨》

他还一再向你谈起他的种种艳遇,但并不是想夸耀。只是为了告诉你:后来他怎样失去了她,落得苦恼不堪,而又无可奈何……

> 夜色催更,清尘收露,小曲幽坊月暗。竹槛灯窗,识秋娘庭院。笑相遇,似觉琼枝玉树,暖日明霞光烂。水眄兰情,总平生稀见。　画图中、旧识春风

面。谁知道、自到瑶台畔。眷恋雨润云温，苦惊风吹
散。念荒寒、寄宿无人馆。重门闭、败壁秋虫叹。怎
奈向、一缕相思，隔溪山不断。

——《拜星月·秋思》

像这一类情调的作品，在《片玉词》中绝不是个别的、偶然
出现的。绝大部分作品，都是这样一种情调。如果说，晚
唐以来把悲欢离合、羁旅行役作为题材的文人词，大都带
有伤感、颓废的倾向的话，那么这种倾向在《片玉词》中的
表现就尤其集中而突出。这个方面，周邦彦也可以称为
集大成者。

周邦彦的真正成就和贡献，今天看来，主要还是在艺
术技巧和形式格律方面。关于这方面，前人有不少评语。
除了前文已录引过，这里不再重复的之外，较重要的还有
如强焕说："美成摹写物态，曲尽其妙。"（《题周美成词》）
陈振孙说："周美成多用唐人诗句隐括入律，浑然天成。
长调尤善铺叙，富艳精工，词人之甲乙也。"（《直斋书录解
题》）张炎说他的创作："浑厚和雅，善于融化诗句。"（《词
源》）先著说："美成词乍近之，觉疏朴苦涩，不甚悦口，含
咀久之，则舌本生津。"（《词洁》）戈载说："清真之词，其意
淡远，其气浑厚，其音节又复清妍和雅，最为词家之正
宗。"（《七家词选》）王国维说："美成深远之致不及欧、秦，
唯言情体物，穷极工巧，故不失为第一流之作者；但恨创

调之才多,创意之才少耳。"(《人间词话》)陈洵说:"清真格调天成,离合顺逆,自然中度。"(《海绡说词》)朱祖谋说:"两宋词人,约可分为疏、密两派。清真介在疏、密之间,与东坡、梦窗分鼎三足。"(朱评《清真词》)以上这些评语,分别指出了《片玉词》各个方面的特点。如果把这些特点综合起来,并把它放到宋词的发展历史当中来看,那么周邦彦所做的工作,就是最终完成了文人词的格律化,在词的艺术形式方面,起到了继往开来的作用。这是《片玉词》最主要的成就,也是周邦彦被认为是集大成者的最重要原因。

我们试看《兰陵王·柳》:

导

读

柳阴直。烟里丝丝弄碧。隋堤上、曾见几番,拂水飘绵送行色。登临望故国。谁识。京华倦客。长亭路,年去岁来,应折柔条过千尺。 闲寻旧踪迹。又酒趁哀弦,灯照离席。梨花榆火催寒食。愁一箭风快,半篙波暖,回头迢递便数驿。望人在天北。凄恻。恨堆积。渐别浦萦回,津堠岑寂。斜阳冉冉春无极。念月榭携手,露桥闻笛。沉思前事,似梦里,泪暗滴。

这首词写的是词人作客汴京期间,一次送别友人的情景。作者通过精美锤炼的语言,抑扬往复的音节,考究严谨的结构,把写景、叙事、抒情三者有机地结合起来,使之成为一个法度井然、浑然无间的整体。全词显出一种典雅、含蓄、丰容的气派。

又如《瑞龙吟》：

> 章台路。还见褪粉梅梢，试花桃树。愔愔坊陌人家，定巢燕子，归来旧处。　黯凝伫。因念个人痴小，乍窥门户。侵晨浅约宫黄，障风映袖，盈盈笑语。　前度刘郎重到，访邻寻里，同时歌舞。唯有旧家秋娘，声价如故。吟笺赋笔，犹记燕台句。知谁伴、名园露饮，东城闲步？事与孤鸿去。探春尽是，伤离意绪。官柳低金缕。归骑晚、纤纤池塘飞雨。断肠院落，一帘风絮。

还有《六丑·蔷薇谢后作》：

> 正单衣试酒，怅客里、光阴虚掷。愿春暂留，春归如过翼。一去无迹。为问花何在？夜来风雨，葬楚宫倾国。钗钿堕处遗香泽。乱点桃蹊，轻翻柳陌。多情为谁追惜？但蜂媒蝶使，时叩窗槅。　东园岑寂。渐蒙笼暗碧。静绕珍丛底，成叹息。长条故惹行客。似牵衣待话，别情无极。残英小、强簪巾帻。终不似、一朵钗头颤袅，向人欹侧。漂流处、莫趁潮汐。恐断红、尚有相思字，何由见得？

这些词都是一笔一笔地勾勒，一字一字地刻画，一句一句地锻炼，一层一层地渲染写成的。它们与那种只注重意象的写法不同，与以白描见长的写法也不同。把这些作品同过去词人同类题材的作品相比较，可以很明显地看出一种由疏宕变繁密，由直露变深曲，由真率自然变得矜持文饰的趋向。这种以工巧精丽为特色的典雅作风，正是好些艺术形式发展到一定阶段都必然会出现的现象。而周邦彦的作品就是这一阶段的代表。

周邦彦还有一些为人传诵的小令，也同样表现出这种典雅工丽的特点：

> 燎沉香，消溽暑。鸟雀呼晴，侵晓窥檐语。叶上初阳干宿雨。水面清圆，一一风荷举。 故乡遥，何日去？家住吴门，久作长安旅。五月渔郎相忆否？小楫轻舟，梦入芙蓉浦。
>
> ——《苏幕遮》
>
> 月皎惊乌栖不定。更漏将残，辘轳牵金井。唤起两眸清炯炯。泪花落枕红绵冷。 执手霜风吹鬓影。去意徊徨，别语愁难听。楼上阑干横斗柄。露寒人远鸡相应。
>
> ——《蝶恋花·秋思》

周邦彦不仅在语言技巧方面有着高深的修养和造诣，而且精通音律，具备出色的音乐才能。《宋史》称他

"好音乐,能自度曲"。《咸淳临安志》说"邦彦能文章,妙解音律,名其堂曰'顾曲'"。此外,据周密《浩然斋雅谈》载:"宣和中,李师师以能歌舞称。时周邦彦为太学生,每游其家。……既而朝廷赐酺,师师又歌《大酺》《六丑》二解。上顾教坊使袁綯,问綯,曰:'此起居舍人新知潞州周邦彦作也。'问《六丑》之义,莫能对。急召邦彦问之。对曰:'此犯六调,皆声之美者,然绝难歌。'"他以这种才能,加上后来提举大晟府的机会,在词的音律审定方面,做了许多重要的工作。北宋时期,慢词到了柳永、苏轼手里,逐步盛行起来,但在音律字句方面,尚未达到完整严格的阶段。试观《乐章集》,同一调的词,字句长短不一的情形很不少。这种情形,到了秦观、贺铸,渐趋谨严。但最后完成这件工作,却是周邦彦的贡献。张炎在《词源》里说:"自隋、唐以来,声诗间为长短句,至唐人则有《尊前》《花间集》。迄于崇宁,立大晟府,命周美成诸人讨论古音,审定古调,沦落之后,少得存者。由此八十四调之声稍传。而美成诸人又复增演慢曲、引、近,或移宫换羽,为三犯、四犯之曲,按月律为之,其曲遂繁。"经过这一番审订、制作、定型、推广的工作,宋词在字句音律方面的严整化与统一化基本完成了。这是文人词格律化的又一重要方面,也是作为集大成者的周邦彦的重要贡献。从此,词坛上一个新的词派——格律词派出现了。南宋的姜夔、史达祖、吴文英、王沂孙、张炎、周密诸人,都继承着周邦彦的道路,竭尽雕琢刻画之能事。注重形式的风气因而大盛,内容的生动活跃因素,也愈来愈少了。此中的幸与不幸,又都与周邦彦有着不可分割的关系。不过,这已经是后话了。

【注释】

① 宋代设有提举宫观,为安置老病无能的大臣及冗官闲员而设,坐食俸禄而不管事,号"祠禄之官"。

② 宋徽宗崇宁四年八月置大晟府,政和四年以大晟乐颁布天下。六年,召周邦彦提举大晟府(管理乐府的官吏)。

③ 徽宗赵佶《燕山亭》词云:"裁剪冰绡,轻叠数重,淡着燕脂匀注。新样靓妆,艳溢香融,羞杀蕊珠宫女。易得凋零,更多少、无情风雨。愁苦! 问院落凄凉,几番春暮？ 凭寄离恨重重,这双燕何曾,会人言语。天遥地远,万水千山,知他故宫何处？ 怎不思量,除梦里有时曾去。无据,和梦也、新来不做。"《眼儿媚》词云:"玉京曾忆昔繁华,万里帝王家。琼林玉殿,朝喧弦管,暮列笙琶。 花城人去今萧索,春梦绕胡沙。家山何处？ 忍听羌笛,吹彻梅花。"

④《宋史·周邦彦传》说他:"疏隽少检,不为州里推重。"

⑤ 梁令娴《艺蘅馆词选》。

目　录

瑞 龙 吟

　　此词为《清真集》压卷之作,选家所必录。本来,"人面桃花"一类的故事,在我国古典作品中可以说并不鲜见。这首《瑞龙吟》写的也是这么一段经历。然而在短短的一百三十余字中,把情事表达得如此曲折委婉,雅驯深密,举措自如,则体现了作者较高的艺术素养。

　　章台路①。还见褪粉梅梢,试花桃树。
　　愔愔坊陌人家②,定巢燕子,归来旧处。

　　黯凝仁③。因念个人痴小,乍窥门户。
　　侵晨浅约宫黄④,障风映袖,盈盈笑语。

　　前度刘郎重到⑤,访邻寻里,同时歌舞。
　　唯有旧家秋娘⑥,声价如故。
　　吟笺赋笔,犹记燕台句⑦。
　　知谁伴、名园露饮⑧,东城闲步?
　　事与孤鸿去⑨。探春尽是,伤离意绪。
　　官柳低金缕。归骑晚、纤纤池塘飞雨。
　　断肠院落,一帘风絮。

【今译】

我重新来到京城这条大街，恰好又是梅萼
　　飘残、桃花初放的时节。
哦，这静幽幽的街巷，这熟悉的人家，就连
　　啁啾营巢的燕子也寻回了旧日屋檐。

一阵伤感兜上心头，我不由得止步凝思起来
　　——当时她是那般娇小天真，冷不丁地走
　　出门来窥看。
那天是大清早，她鬓边淡淡地涂了一抹宫黄，
　　边举着衣袖挡风，边笑盈盈地同我说话。

现在，我又重来到这里，沿着街巷寻访打听
　　当年同她一起歌舞的那些姐妹，
也只有生长于演艺世家的她，提起名字大家
　　仍然交口称道。
当时我为她吟诗作赋，有些句子人们还记得
　　起来。
可是，却不知如今陪伴她的是谁？据说他俩

经常在名园里饮宴，或者双双到东城散步。

唉，原来事情就像天边飞逝的孤雁不可挽回！

我来这里寻找春天，得到的却是失意伤感。

连路旁的官柳也默默地低垂着金黄的枝条。

在苍茫的暮色中，我骑着马回去，丝丝细雨从池塘上飘过来。

回望一眼那令人愁肠欲断的院落，只见帘子晃荡着，乱纷纷的飞絮正绕着它打转……

【注释】

① 章台路：秦昭王曾作章台于咸阳。此台汉时犹存。台前有路。《汉书·张敞传》："敞……走马过章台街。"此借指京城的街道。

② 愔愔：幽静貌。 坊陌：街巷。

③ 黯：愁苦不安貌。 凝伫：有所思虑而徘徊或小立。

④ 浅约宫黄：又称约黄。古代妇女涂黄于鬓边，作妆饰。梁简文帝《美女篇》："约黄能效月，裁金巧作星。"

⑤ 前度刘郎：唐刘禹锡自朗州召回，重过玄都观，只见兔葵燕麦，动摇春风中，因题诗道："种桃道士知何处？前度刘郎今又来。"此借刘郎自指。

⑥ 秋娘：唐代金陵歌妓。杜牧有《杜秋娘》诗，并有序。此作歌妓的泛称。

⑦ 燕台句：唐李商隐曾作《燕台四首》，洛阳女子柳枝闻之，慕其风采，约与偕归。后因事不果。未几，柳枝为东诸侯取去。商隐

有《柳枝五首》（并序）纪其事。这里用此典故，亦有暗示该女子已归他人之意。

⑧ 露饮：露天而饮。极言其欢纵。

⑨ 周济《宋四家词选》云："'事与孤鸿去'一句，化去町畦。""不过'人面桃花'旧曲翻新耳。看其由无情入，结归无情。层层脱换，笔笔往复处。"

琐　窗　寒

　　京城寒食，风雨凄迷。词人的心情也是闷闷的。他想到宦途的奔波，想到年华的逝去，也想到故乡的风物……

暗柳啼鸦。单衣伫立，小帘朱户。

桐花半亩，静锁一庭愁雨。

洒空阶、夜阑未休，故人剪烛西窗语①。

似楚江暝宿②，风灯零乱，少年羁旅③。

迟暮④。嬉游处。

正店舍无烟，禁城百五⑤。

旗亭唤酒⑥，付与高阳俦侣⑦。

想东园、桃李自春，小唇秀靥今在否？

到归时、定有残英，待客携尊俎⑧。

【今译】

　　柳阴深处传来老鸦的啼叫。我披着一袭单衣，
　　　伫立在带垂帘的红色窗户前。

半亩桐花在庭院中静静开放,伴随着愁人的
　　绵长春雨……

冷密的雨点洒在空荡荡的石阶上,到半夜还
　　没停住。我干脆同老朋友剪着烛花,在西
　　窗下作彻夜长谈。

多么相似啊! 当年在荆州江上夜宿,看灯火
　　在风里闪烁不定。那种少年漂泊的滋味
　　也是这样的。

如今年纪大了,何况那些游玩的地方——

无论酒店还是客舍,京城寒食一律不举烟火。

说起"旗亭唤酒"的豪兴,还是让给那些
　　爱喝酒的朋友们去发挥吧!

我只怀念着东园里的桃树和李树该又开了。
　　像小巧的嘴唇、娇美的酒窝,那些花朵还同
　　往年一样吗?

到我归去时,枝头必定还会剩下一些残花,等
　　待我带着酒席去观赏哩!

【注释】

① 剪烛西窗:李商隐《夜雨寄北》诗:"何当共剪西窗烛,却话

巴山夜雨时。”

　　② 暝宿：夜宿。

　　③ 羁旅：行旅，旅人。

　　④ 迟暮：年老。

　　⑤ 禁城，指京城。　百五，指寒食节。《荆楚岁时记》：冬至后一百五日为寒食。按：亦有称一百六日为寒食者。如唐元稹《连昌宫词》诗云：“初过寒食一百六，店舍无烟宫树绿。”

　　⑥ 旗亭：酒店。张衡《西京赋》：“旗亭五重。”注：市楼立旗于上。　唤酒：李贺《开愁歌》诗：“旗亭下马解秋衣，请贳宜阳一壶酒。”

　　⑦ 高阳俦侣：郦食其见汉高祖，自称高阳酒徒。此指酒客。

　　⑧ 尊俎：古代盛酒肉的器皿，引申为酒席。

　　按：陈洵《海绡说词》云：“‘迟暮’钩转，浑化无迹。以下设景、设情，层层脱换，皆收入‘西窗语’三字中。”是认为下半阕均为与故人西窗夜语之内容。可备一说。

风　流　子

中华聚珍文学丛书—周邦彦词今译

《历代诗馀·词话》引《挥麈馀话》云："周美成为江宁府溧水令，主簿之姬有色而慧，美成常款洽于尊席之间。世所传《风流子》词，盖所寓意焉。"此说是否有据，不得而知。而王国维表示怀疑。不过，可以推测的是，词中那位并未露面的女子，确曾与词人有过某种默契。可是人事乖蹇，未能如愿。当词人重到她的门外，却连相见一面也已经不可能了。他只好在墙下久久地徘徊、流连。

新绿小池塘。风帘动、碎影舞斜阳。

羡金屋去来^①，旧时巢燕，

土花缭绕^②，前度莓墙^③。

绣阁凤帏深几许^④？曾听得理丝簧^⑤。

欲说又休，虑乖芳信；

未歌先咽，愁近清觞。

遥知新妆了，开朱户、应自待月西厢^⑥。

最苦梦魂，今宵不到伊行^⑦。

问甚时说与，佳音密耗^⑧，

寄将秦镜^⑨，偷换韩香^⑩？

天便教人，霎时厮见何妨^⑪！

【今译】

小小的池塘荡漾着一泓新绿，轻风吹拂窗帘，
　　片片碎影在斜阳中闪动。

能在这华丽的屋子自由地飞进飞出，多值得
　　羡慕啊——那一双唧啾营巢的燕子；

而眼前苔花斑驳的，却依旧是把我挡在门外
　　的那堵高墙！

啊，她居住的阁楼，有多少重绣花帐幔深深
　　隔阻着！我曾经在那里面听她吹弹演奏。

当时她好像要对我说什么，但终于没说出来，
　　也许是担心应诺了却无法履约吧？

她要为我唱一支歌，可是尚未开口就咽住了，
　　只是忧愁地举起了酒杯……

眼下我猜想她已换上晚妆，打开红色的小窗，
　　应该是在西厢房里守候月亮升起。

多苦恼啊！就算是做梦吧，我今天晚上恐怕
　　都到不了她的身边。

风流子

哎,你到底打算什么时候才把好音讯告诉我?

好让我把秦嘉的宝镜寄给你,偷偷换取那
　　韩寿的奇香。

老天啊,你又何妨让我们——哪怕是见上
　　短短一面也好啊!

【注释】

① 金屋:《汉武故事》载汉武帝幼时曾说:"若得阿娇作妇,当
作金屋贮之也。"

② 土花:指苔藓。李贺《金铜仙人辞汉歌》:"三十六宫土
花碧。"

③ 莓墙:长着莓苔的墙。

④ 凤帷:绣有丹凤图案的帐幔。

⑤ 丝簧:"丝"指琴弦,"簧"指乐器的簧片,振动可发声。这里
合指乐器。

⑥ 待月西厢:元稹《莺莺传》记莺莺赠张生诗:"待月西厢下,
迎风户半开。拂墙花影动,疑是玉人来。"这里借用此典,盖有隐喻
思念情人之意。

⑦ 伊行:她的身边。

⑧ 密耗:密约。

⑨ 秦镜:后汉秦嘉妻徐淑赠秦嘉明镜,秦嘉赋诗答谢,因喻男
女间表达情意之物。

⑩ 韩香:西晋韩寿美仪容,贾充之女悦之,窃家藏御赐西域奇
香赠寿。庾信《燕歌行》:"盘龙明镜饷秦嘉,辟恶生香寄韩寿。"

按:这里的"秦镜""韩香"是借指男女互赠之定情信物。

⑪ 厮见:相见。

按：况周颐《蕙风词话》云："元人沈伯时作《乐府指迷》，于清真词推许甚至。唯以'天便教人，霎时厮见何妨''梦魂凝想鸳侣'等句为不可学，则非真能知词者也。清真又有句云：'多少暗愁密意，唯有天知。''最苦梦魂，今宵不到伊行'，'拚今生对花对酒，为伊泪落'等语，愈朴愈厚，愈厚愈雅，至真之情，由性灵肺腑中流出，不妨说尽而愈无尽。"

渡 江 云

词人作客荆州期间，曾到长安游历。出发之日，沿江西行，他眺望着两岸山村春色，心里充满怅惘和孤独的情感。

晴岚低楚甸①，暖回雁翼，阵势起平沙。

骤惊春在眼，借问何时，委曲到山家②？

涂香晕色，盛粉饰、争作妍华③。

千万丝、陌头杨柳④，渐渐可藏鸦。

堪嗟。清江东注，画舸西流⑤，

指长安日下⑥。

愁宴阑、风翻旗尾，潮溅乌纱。

今宵正对初弦月，傍水驿、深舣蒹葭⑦。

沉恨处⑧，时时自剔灯花。

【今译】

晴天的岚气在古楚国的原野上低低地浮荡，
　沙滩上的雁群感到温暖气息临近，它们

排好队形,转翅向北飞去。

我不由得一惊:啊,春天已经来到眼前了!
　　借问它是什么时候七弯八转,竟来到这
　　荒僻的山村了呢?

它东涂一抹香泽,西敷几笔色彩,把山野
　　装点得新鲜蓬勃,繁花竞放。

路旁的杨柳,垂下千丝万缕,渐渐浓密得
　　能藏住乌鸦了。

多可叹啊,清澈的江水向东倾注,我的航船
　　却朝西驶去。

遥指长安,应当在落日之下的那个地方吧!

最惆怅的是离宴散后,江风翻卷着船桅的
　　旗子,潮水飞溅,把我的纱帽都打湿了。

今天的夜晚,当上弦月升起时,我将把船
　　靠在码头旁,那丛丛芦苇深处。

当愁恨无可排解时,唯有不断去剔弄桌上
　　的灯花……

【注释】

① 晴岚:岚,山气蒸润。天气晴朗时尤甚,故称晴岚。　　楚

甸：此指湖北，古代属楚国。甸，古代郭外称郊，郊外称甸。《周礼》贾公彦疏："郊外曰甸，百里之外，二百里之内。"此泛指原野。

② 委曲：委婉曲折。连不器《春风》诗："可怜委曲来山舍。"

③ 妍华：美丽的花朵。"华"同"花"。

④ 陌头：路旁。

⑤ 画舸：描有彩画的航船。

⑥ 长安：今陕西省西安市。汉、唐等朝的京都。　日下：太阳之下。王勃《滕王阁序》："望长安于日下。"

⑦ 舣（yǐ 蚁）：停泊。　蒹葭（jiān jiā 艰家）：荻草与芦苇。《诗经·秦风·蒹葭》："蒹葭苍苍，白露为霜。"

⑧ 沉恨：愁恨深沉。

应 天 长

　　此词第四句,各本均作"正是夜堂无月",则日夜倒错,词意浑不可解。今查独有《钦定词谱》"夜堂"作"夜台",始知实为悼亡之作。全词从寒食节令写起,转入忆逝悼亡。"乱花"二句,仍转回眼前春景。以下追怀旧事,愁思难遣,于是重访旧迹,低回凭吊,终至无限伤感。就其结构观之,初始一大段极意盘旋,几疑无路。"青青草"句大踏步出来,使人心目一豁,而归结于颓然而止。笔路如春云舒卷,姿态横生。

条风布暖^①,霏雾弄晴,池塘遍满春色。

正是夜台无月^②,沉沉暗寒食。

梁间燕,前社客^③。似笑我、闭门愁寂。

乱花过,隔院芸香^④,满地狼藉。

长记那回时,邂逅相逢,郊外驻油壁^⑤。

又见汉宫传烛,飞烟五侯宅^⑥。

青青草,迷路陌。强载酒、细寻前迹。

市桥远,柳下人家,犹自相识。

【今译】

和畅的东风吹送温暖，霏微的雨雾使天气老
　　是晴不起来。春色在池塘荡漾，越来越浓。
啊，我想在那月亮也照不到的阴间，这个寒
　　食节更加是暗沉沉的了！
梁上的燕子啁啾着，这些赶在春社之前来到
　　的客人，似乎在笑话我：怎么把自己关在
　　冷清清的屋子里发愁哩！
一阵乱花从窗前飘过，那是隔壁院落枯黄了
　　的瓣香，此刻横七竖八地落满一地。

我永远不会忘记，那一次和她邂逅相逢在城
　　外郊野，她含情脉脉地停下了那辆小小的
　　油壁车……
又近黄昏，皇宫开始传烛点火，公侯贵胄的
　　府第飘荡着缕缕轻烟。
郊外的道路长满青青的春草，迷离难辨。我
　　带着酒馔强挣着出门，仔细寻找当年遗迹。
不知不觉走出好远，来到市桥附近。啊，就是柳树下的这户人家，里面人们还认得我……

【注释】

① 条风：东风。《淮南子》：“距冬至四十五日条风至。”

② 夜台：指阴间。李白《哭宣城善酿纪叟》诗：“夜台无晓日，沽酒与何人？”周词二句当系由此脱胎。（按：词人忽然想到阴间的寒食节，是因为他所爱的人已经逝世。）

③ 前社：欧阳澥《咏燕上主司郑愚》诗：“长向春秋社前后，为谁归去为谁来？”春秋社，古代春秋两次祭祀社神的日子。

④ 芸：花草枯黄貌。《诗·小雅·苕之华》：“苕之华，芸其黄矣。”

⑤ 油壁：古代一种车名，车壁用油涂饰，故名。古乐府《苏小小歌》：“妾乘油壁车，郎乘青骢马。何处结同心？西陵松柏下。”

⑥ 汉宫传烛：寒食节旧俗禁止举火。至日暮，公侯大臣之家由皇宫传烛点火。唐韩翃《寒食》诗：“春城无处不飞花，寒食东风御柳斜。日暮汉宫传蜡烛，轻烟散入五侯家。”　五侯：汉桓帝封单超新丰侯、徐璜武原侯、具瑗东武侯、左悺上蔡侯、唐衡汝阳侯，世谓五侯。此泛指达官贵胄。（按：忽见“汉宫传烛”，是惊觉日已近暮，故有下数句之匆匆出门。强载酒，是欲祭奠亡灵也；柳下人家，是亡故女子之旧居也。）

按：周济谓：“（上片）生辣。（结尾）反剔所寻不见。”（《宋四家词选》）陈洵谓：“后阕全是闭门中设想。”（《海绡说词》）均系不知此词实为悼亡之作。

还 京 乐

　　寒食将届,作客异乡,词人触景伤情,深深地怀念起远方的情人来了。他打算请滔滔的流水寄去他的相思,又幻想能身生双翼,飞回她的身旁。

　　　禁烟近①,触处浮香秀色相料理②。
　　　正泥花时候③,奈何客里,光阴虚费!
　　　望箭波无际④。
　　　迎风漾日黄云委⑤。
　　　任去远,中有万点,相思清泪。

　　　到长淮底⑥。过当时楼下,
　　　殷勤为说,春来羁旅况味。
　　　堪嗟误约乖期,向天涯、自看桃李。
　　　想而今、应恨墨盈笺,愁妆照水。
　　　怎得青鸾翼⑦,飞归教见憔悴。

【今译】

　　　禁烟节快到了,浮荡的花香,秀丽的景色,

到处都在逗引着人们的情思。

本来正该到花丛中去沉醉流连,无奈我作客
　　异地,把大好的春光都白白错过。

我默默地望着湍急的流水,滚滚无际。

黄色的浮云忽而堆积着,忽而又迎着风飘动
　　起来,在阳光下弄影。

流水啊,你尽管远远地流去吧,须知在你当中
　　已滴入了我无数的相思泪水。

你快点流到淮河里去吧,经过当时的楼下时,
请代我殷勤致意,把入春来我作客异乡的
　　凄凉况味告诉她吧!

唉,我已经把约定的归期耽误了,如今只
　　落得留滞天涯,独自看桃花李花开放。

料想如今,她也许正满怀怨恨地给我写信,
　　在江楼眺望,水中照出她愁苦的脸容。

啊,我怎样才能得到青鸾那样的双翼,立时
　　飞回去看看我那位憔悴的人儿!

【注释】

① 禁烟:禁烟节,即寒食。习俗是日不举烟火,故名。

② 触处：到处。　料理：逗引。

③ 泥（nì 溺）：沉迷依恋。

④ 箭波：波急如箭。《慎子》："河水初下龙门，其流如竹箭。"

⑤ 委：堆积。

⑥ 底：里。

⑦ 青鸾：古人传说凤有五色，青多者为鸾。

扫 花 游

词人春日郊游，河桥避雨，追怀昔日之情人，惆怅伤感。此词结句情味深厚，前人已经指出。而上阕写雨景由远及近，层层渲染，尤为出色。

晓阴翳日①，正雾霭烟横，远迷平楚②。

暗黄万缕。听鸣禽按曲，小腰欲舞。

细绕回堤，驻马河桥避雨③。

信流去，想一叶怨题④，今在何处？

春事能几许？任占地持杯，扫花寻路。

泪珠溅俎⑤。叹将愁度日，病伤幽素⑥。

恨入金徽，见说文君更苦⑦。

黯凝伫。掩重关⑧、遍城钟鼓。

【今译】

一清早日色就阴沉沉的，雾霭像一道烟带，
　横亘在原野上。稍远一点，便模模糊糊
　地看不清了。

（此数句写下雨之兆。）

千丝万缕的柳条变成暗黄色，听鸟儿唱起婉
　　转动听的歌，柳条也开始摆动着纤腰翩翩
　　欲舞。

（此数句写雨即将来临。）

我绕堤而行，细看风景。终于下起雨来了，
　　我把马停在河桥上躲避。

（此二句写雨至。）

桥下，几片落叶正在顺水流去，记得我也
　　曾把内心的哀怨题在叶上，那一片叶子
　　如今漂到了何方？

（此数句也可以解释为想起当年题叶故事，
感叹时移世换，往事成尘。）

这春天的景色还能继续多久呢？任凭你占了
　　个好地方举杯畅饮，或者扫开地上的落花
　　寻路游赏。

惜春的泪水洒在酒杯中。可叹我总是伴随着
　　愁苦度过一天又一天，被痛苦的相思损伤
　　心魂。

我听说她如今只能用弹琴来倾诉哀怨,情形
就更加凄苦了。

我懊丧地回到家里,黯然地伫立着,思念着。
这时,门户重重关闭,城里到处响起了入夜
的钟鼓声……

【注释】

① 翳(yì 艺):遮蔽。

② 平楚:平原。谢朓《宣城郡内登望》诗:"寒城一以眺,平楚
正苍然。"

③ 河桥:在汴京隋堤上,为送别之所。

④ 一叶怨题:《云溪友议》载:唐卢渥应举,偶到御沟,见红叶
上题诗云:"流水何太急,深宫竟日闲。殷勤谢红叶,好去到人间。"

⑤ 俎:此指"尊俎",酒杯。

⑥ "叹将"二句:将:相随。 幽素:幽怀素心。

⑦ "恨人"二句:金徽:琴名。元稹《小胡笳引》:"雷氏金徽
琴,王君宝重轻千金。" 文君:指卓文君,汉临邛富商卓王孙之女,
好音律,新寡,闻司马相如鼓琴,私奔之。此借指所思之女子。

⑧ 重关:重门。

解 连 环

　　这也是一首怀人之作。对方可能是一位青楼女子。她与词人有过一段密切的交往,后来却因故离去,连音讯都断绝了。词人重访旧宅,深深地怀念着她。这首词用细腻的笔调,抒发了作者无限眷恋的心情,极尽回环往复、悱恻缠绵之致。

　　怨怀无托。嗟情人断绝,信音辽邈①。
　　信妙手、能解连环②,似风散雨收,雾轻云薄。
　　燕子楼空③,暗尘锁、一床弦索。
　　想移根换叶,尽是旧时,手种红药。

　　汀洲渐生杜若④。料舟移岸曲,人在天角。
　　漫记得、当日音书⑤,
　　把闲语闲言,待总烧却。
　　水驿春回⑥,望寄我、江南梅萼。
　　拚今生、对花对酒,为伊泪落。

【今译】

　　我这哀怨的情怀怎样也放不下! 我心爱的人

中华聚珍文学丛书——周邦彦词今译

狠心抛我而去,连音信都变得十分渺茫。

相信即使有一双妙手,能解开我们之间的
　　纠葛,事情也到了风消雨歇、云收雾散
　　的时候了。

她曾经居住的小楼已空空如也,遗在床上的
　　乐器蒙上了一层灰尘。

她过去亲手栽种的红芍药,想必全都换过
　　叶子,长过新根了。

江上的沙洲,杜若渐渐生长。我料想航船正
　　沿着曲折的江岸驶去,她如今已远在天边。

还记得当初我们在言谈中,在书信里,有多少
　　许诺盟誓。现在看来都是些没用的闲言闲
　　语,只待统统烧掉就算了。

不过,当春天来到渡口的驿站时,我希望你折
　　一枝江南的梅花寄给我。

唉,为了她,我一辈子借酒浇愁,见花落泪,也
　　心甘情愿!

【注释】

　　① 辽邈:渺茫。

②解连环：《战国策》载：秦始皇遣使臣给齐国送去玉连环，说：齐国的人聪明，能够解开此环吗？群臣均不能解，齐王后乃用椎把环打破，对秦使者说：这就解开了。此处喻感情的纠葛。

③燕子楼：白居易《燕子楼诗序》："徐州故尚书（张建封）有爱妓曰盼盼，善歌舞，雅多风态。……尚书既殁，归葬东洛，而彭城有张氏旧第，第中有小楼名'燕子'。盼盼念旧爱而不嫁，居是楼十余年。" 彭城，今江苏徐州市。苏轼《永遇乐》词有句云："燕子楼空，佳人何在？空锁楼中燕。"

④杜若：一种香草。《楚辞·湘夫人》："搴汀洲兮杜若，将以遗兮远者。"谢翱《楚辞芳草谱》："杜若之为物，令人不忘。"

⑤漫：空也，徒然也。

⑥水驿：江边的驿站。

中华聚珍文学丛书——周邦彦词今译

丹 凤 吟

在明媚的春日下午,词人为什么这样烦闷焦躁,坐卧不安?哦,原来他在思念着一位温柔美丽的女郎——这首词,用笔极其细腻曲折,它通过一系列动作行为和感情反应,把作者隐秘微细的心理活动,真实而形象地表现了出来,开创了抒情词写作的又一境界。

迤逦春光无赖①,翠藻翻池,黄蜂游阁。

朝来风暴,飞絮乱投帘幕。

生憎暮景②,倚墙临岸,

杏靥夭斜,榆钱轻薄③。

昼永惟思傍枕,睡起无聊,残照犹在庭角。

况是别离气味,坐来但觉心绪恶。

痛饮浇愁酒,奈愁浓如酒,无计消铄。

那堪昏暝,簌簌半檐花落。

弄粉调朱柔素手④,问何时重握。

此时此意,长怕人道着。

【今译】

春色连绵不断,一切都显得没有意思。翠绿
　的水藻在池塘中荡漾,黄色的蜜蜂嗡嗡
　叫着,在阁楼里打转。
早晨,蓦地刮了一阵猛风,把乱纷纷的柳絮
　都吹到帘幕上了。
傍晚的景色使人很不开怀,河岸上、粉墙边,
红艳艳的杏花,我不喜欢它轻佻放荡,
白花花的榆钱,我讨厌它涎皮赖脸的样子。
白天是这么悠长,只好睡一觉来打发时光。
　可是睡醒起来,仍旧是那样无聊。而残照
　还在庭角逗留着——离天黑还早呢!

离别的痛苦正煎熬着我,静静地坐一会儿吧,
　可是心情变得愈加恶劣了。
据说酒可浇愁,举起杯猛地喝下去,无奈我
　的愁闷像酒一般浓,没有办法消解得了。
更难堪的是天渐渐变得昏黑了,只听见檐前
　的花朵簌簌地往下掉落。

哎,她那双惯会调脂弄粉的柔软洁白小手,

什么时候我才能再握着它呢?

此刻我这种念头,可别让人说破才好。

【注释】

① 无赖:无聊。

② 生憎:很讨厌。

③ 榆钱:榆荚。榆树未生叶时,枝条间先生榆荚,形状似钱而小,色白成串,俗呼榆钱。

④ 粉、朱:指胭脂香粉一类的化妆品。

瑞 鹤 仙

关于这首词，有一段颇为扑朔迷离的记载（详见附录），不过其真实性究竟如何，已难以稽考。故词评家也有弃而不问，只就词句本身来寻释其中涵义的。例如周济《宋四家词选》就认为，这首词是"追溯昨日送客后，薄暮入城，因所携之伎，倦游访伴，小憩复成酣饮"。这种看法，是有其道理的。

悄郊原带郭①。

行路永②、客去车尘漠漠。

斜阳映山落③。

敛馀红④、犹恋孤城阑角。

凌波步弱⑤。过短亭、何用素约⑥。

有流莺劝我⑦，重解绣鞍，缓引春酌。

不记归时早暮，上马谁扶，醒眠朱阁。

惊飙动幕⑧。扶残醉，绕红药⑨。

叹西园、已是花深无地，东风何事又恶？

任流光过却⑩，犹喜洞天自乐⑪。

中华聚珍文学丛书—周邦彦词今译

【今译】

静悄悄的郊野紧挨着城郭伸展开去。

旅人上路了，远去的车子扬起阵阵尘土。

西斜的夕阳映照着山村，它渐渐收敛起馀晖，
　　但还在高高的城墙一角上逗留。

姑娘们都有点走不动了。那么就到前面的短
　　亭上去歇一歇吧，好在这并不用预先约定。

谁知遇见另一些歌妓，她们劝我把绣鞍重新
　　解下来，慢慢儿喝几杯酒再走不迟。

不记得何时动身回来，是谁把我扶上马的，
　　当我醒来时，已经睡在这朱红色的阁楼里。

一阵猛风掀动了室内帘幕，想起园中芍药花。
　　顾不得酒还未全醒，连忙起来去瞧瞧它们。

唉，我这西园里已堆满厚厚的落花，没有空
　　隙。东风啊，你为什么又来逞强作恶呢！

春光既然不可挽留，那么就让它过去吧。我在
　　这个小小的洞天里，还是可以自得其乐的。

【注释】

① 郭：外城。

② 永：长远。

③ 落：村落。

④ 馀红：馀晖。

⑤ 凌波：形容女子步态的轻盈。曹植《洛神赋》："凌波微步，罗袜生尘。" 步弱：走不动。

⑥ 短亭：古时设在大路旁供行人休息的亭舍。十里为长亭，五里为短亭。 素约：素常之约定。

⑦ 流莺：借指在短亭碰见的另一些歌妓。

⑧ 飙（biāo 标）：疾风。

⑨ 药：芍药花的简称。

⑩ 流光：流水般的光阴。

⑪ 洞天：道教称名山胜地为洞天福地。当时周邦彦提举南京鸿庆宫（按：宋代为安置老病无能的大臣及冗官闲员，特设提举宫观，让他们坐食俸禄而不管事，号"祠禄之官"），故有此语。

附：

宋王明清《玉照新志》载："明清《挥麈馀话》记周美成《瑞鹤仙》事，近于故箧中得先人所叙，特为详备，今具载之：美成以待制提举南京鸿庆宫，自杭徙居睦州，梦中作《瑞鹤仙》一阕。既觉，犹能全记，了不详其所谓也。未几遇方腊之乱，欲还杭州旧居，而道路兵戈已满，仅得脱免。入钱塘门，见杭人仓皇奔避，如蜂屯蚁沸，视落日在鼓角楼檐间，即词中所谓'斜阳映山落。敛馀红、犹恋孤城阑角'者应矣。旧居既不可往，是日无处得食，忽稠人中有呼'待制何往'者，乃乡人之侍儿，素所识者也，且曰：'日昃必未食，能舍车过酒家乎?'美成从之,惊遽间,连引数杯,腹枵顿解。则词中所谓'凌波步弱,过短亭、何用素约。有流莺劝我,重解绣鞍,缓引春酌'之句应矣。饮罢,觉微醉,耳目惶惑,不敢少留,乃径出城北。江涨桥断,诸寺士女已盈满,不能驻足。独一小寺经阁,偶无人,遂宿其上。即词中所谓'不记归时早暮,上马谁扶,醒眠朱阁'者应矣。既而见两浙处处奔避,遂绝江居扬州。未及息肩,而传闻方贼已尽据二浙,将渡江之淮泗。因自计方领南京鸿庆宫,有斋厅可居,乃挈家往焉。则词中所谓'念西园、已是花深无地,东风何事又恶'之句又应矣。至鸿庆未几,以疾卒。则'任流光过却,归来洞天自乐'又应于身后矣。美成生平好作乐府,将死之际,梦中得句,而字字俱应,卒章又应于身后,岂偶然哉!美成之守颍上,与仆相知。其至南京,又以此词见寄,尚不知此词之言,待其死,乃竟验如此。"

西 平 乐

元丰初年,尚未考取功名的青年词人曾经过天长(今安徽天长市)道中,转眼四十馀年过去,宣和三年(1121),词人已白发苍苍,为避方腊起义战乱,又经过此地,抚今追昔,不胜感慨。

稚柳苏晴,故溪歇雨,
川迥未觉春赊①。
驼褐寒侵②,正怜初日,
轻阴抵死须遮③。
叹事逐孤鸿尽去,身与塘蒲共晚④,
争知向此,征途迢递⑤,伫立尘沙。
追念朱颜翠发⑥,
曾到处、故地使人嗟。

道连三楚⑦,天低四野,
乔木依前,临路欹斜。
重慕想、东陵晦迹⑧,彭泽归来⑨,
左右琴书自乐,松菊相依⑩,
何况风流鬓未华。

多谢故人，亲驰郑驿⑪，

时倒融尊，劝此淹留，共过芳时⑫，

翻令倦客思家。

【今译】

幼弱的柳条在晴光中苏醒，旧日的溪流上
　　雨点已经停歇，

我沿着这河川走了很远，并不觉春天
　　来得太迟。

寒气透过驼毛衣袄传到身上，只盼着太阳
　　出来暖和一下，

可是讨厌的薄阴却老是把它遮住了。

唉，平生事业已随着天边的孤雁一起消逝；
　　我的生命也同塘里的香蒲到了衰谢之时。

怎料到还要在这漫长的道路上跋涉，在迷
　　漫的风沙中站立。

回想起，当我还是一个面色红润头发乌黑
　　的少年时，

也曾行经这里，如今一切还是老样子，真
　　使人感叹不已。

这条道路依旧远连三楚，这一带的天空依旧

　　笼盖着四面的原野，

就连那一棵树，也跟从前一样斜靠在路旁。

我于是深深地追慕起：汉代的召平隐姓埋名，

　　晋朝的陶渊明弃官归隐，

一门心思与瑶琴书卷作伴，与松菊相依，

何况他们都还正值壮年，真是何等风流快乐。

多谢老朋友，亲自到驿站来迎接我，

又为我摆酒接风，劝我住下来，直到过完了

　　这个春天。

这反使我这个疲倦的旅人，产生了思家之念。

【注释】

① 迥：远。　赊，迟。杜甫《喜晴》诗："且耕今未赊。"
② 褐：毛布。
③ 抵死：竭力，老是。　须：却。
④ 蒲：水生植物，又名香蒲，早凋。《晋书·顾悦之》传："蒲柳常质，望秋先零。"
⑤ 迢递：辽远。
⑥ 翠发：青发。指黑色的头发。
⑦ 三楚：古地区名。《汉书·高帝纪》引孟康《音义》称旧名汉陵（即南郡）为南楚，吴为东楚，彭城为西楚。

⑧ 重慕：很景慕。　东陵：指召平。《史记·萧相国世家》："召平者，故秦东陵侯。秦破，为布衣，贫，种瓜于长安城东。"　晦迹：隐蔽踪迹。

⑨ 彭泽：指陶潜。曾为彭泽令，耻为五斗米折腰，遂弃官归隐。事见《晋书》。

⑩ 琴书、松菊：陶潜《归去来辞》："乐琴书以消忧。""三径就荒，松菊犹存。"

⑪ 郑驿：《史记》载：郑当时为太子舍人，置驿马于四郊，存问故人，唯恐不周。

⑫ 融尊：东汉孔融拜太中大夫，宾客盈门，喜而叹曰："座上客常满，樽中酒不空。"尊同樽，酒杯。　芳时：花开时节，指春天。

浪 淘 沙 慢

　　此词上阕写别时之景，下阕写别后之情。作者是于别后追忆别时，初始故不说破，却于中间点出。这种写法谓之"逆入"，能使结构显得紧凑健劲。清真最善用之。

晓阴重、霜凋岸草，雾隐城堞①。

南陌脂车待发②，东门帐饮乍阕③。

正拂面、垂杨堪揽结④。

掩红泪、玉手亲折⑤。

念汉浦离鸿去何许⑥？经时信音绝。

情切。望中地远天阔。

向露冷风清无人处，耿耿寒漏咽⑦。

嗟万事难忘，唯是轻别。

翠尊未竭⑧。凭断云、留取西楼残月。

罗带光销纹衾叠⑨。

连环解、旧香顿歇⑩。

怨歌永、琼壶敲尽缺⑪。

恨春去、不与人期，

中华聚珍文学丛书——周邦彦词今译

弄夜色,空馀满地梨花雪。

【今译】

清晨,天气阴沉沉的,河岸上的青草经霜后
　　变得一片枯黄,雾气迷漫,把城墙上的雉
　　堞都隐没了。
朝南去的道路上,上过油脂的车子等待出发。
　　东门的祖帐里,送行的酒宴刚刚结束。
路旁,拂面的垂柳长得可以随手抚弄了,
她遮掩着悲痛的泪水,伸出洁白的手,亲自折
　　下一枝赠送给我。
唉!汉水岸边离去的雁儿哟,到底飞到哪里
　　去了?为什么过了这么久,连一点音讯都
　　不捎来给我!

我想念她的心情是如此迫切,可是眼前阻隔
　　着我们的天地是那样遥远辽阔。
我站在这个露冷风清、没有人来的地方倾听
　　着铜壶滴漏的声响,那一声声凄楚的呜咽!
啊,人世间有多少痛苦的事情,最难以忘怀

的恐怕就是太容易离别吧！

手里的酒杯还未喝干，天边的云彩哟，请把
　　西楼上那一钩残月多挽留一会儿。

她遗下的罗带已经失去光泽；我们共享的绣
　　被冷冰冰地叠在床上。

自从命运把我俩拆散之后，它们旧日的香气
　　也随之消失了。

我痛苦地敲击着玉壶，唱起一支哀怨的歌。
　　我不断地唱着，把壶口都敲破了。

多恼人啊，也不跟人商量一下，春天就归
　　去了。

它把满庭的夜色弄得迷离奇幻，到头来只抛
　　下一地梨花，如雪一般苍白……

【注释】

①堞：指雉堞。城上的矮墙。按：我国不少地区，春天也有
降霜的现象。

②陌：道路。　脂车：车子轮轴涂上油脂以利于远行。

③帐饮：古代送人远行，在野外路旁设帷帐以饯别，谓之帐
饮。按：西汉疏广辞官归里，友人及公卿设祖道供帐东都门外，为
之饯别。此用该典。　阕：终了。

④揽结：采摘编结。

⑤红泪：王嘉《拾遗记》："文帝所爱美人姓薛，名灵芸……闻别父母，嘘唏累日，泪下沾衣。至升车就路之时，以玉唾壶承泪，壶则红色。既发常山，及至京师，壶中泪凝如血。"后因泛称女子的眼泪为红泪。又：蜀妓灼灼以软绡聚红泪寄裴质。见《丽情集》。

⑥汉浦：汉水于湖北入江。当时作者可能正作客荆州。　离鸿：喻分手之女子。　何许：何处。

⑦耿耿：形容心中不安，有所悬念。《诗·邶风·柏舟》："耿耿不寐，如有隐忧。"　漏：铜壶滴漏，古代一种计时装置。

⑧翠尊：酒杯。

⑨纹衾：带花纹的被子。

⑩连环：见《解连环》（怨怀无托）注。此喻二人情爱如环之相连。

⑪琼壶：玉壶。　敲尽缺：《晋书》载：王敦酒后，辄咏魏武（曹操）乐府："老骥伏枥，志在千里。烈士暮年，壮心不已！"以如意击唾壶为节，壶口尽缺。

按：结末二句，实为全篇情事之隐括，而以景语出之，同而不同，所谓反复勾勒，愈见其深厚也。夏敬观评此词下阕云："七八句全是直写正面，再接再厉，急管繁弦，声声入破，结句束得住，音节之脆，笔力之劲，无人能及。"所说固是。然于结句仅云"束得住"，则犹有所未察耳。

忆 旧 游

　　作者在京城求官，接到旧日相好的女子从外地寄来的一封信，回想起当初分手时那一幕，发出了欲归而不得的喟叹。此词上阕对于离别时的环境气氛作了出色的渲染，有力地烘托出当时两人的惜别心情。

记愁横浅黛①，泪洗红铅②，
门掩秋宵。
坠叶惊离思，听寒螀夜泣③，
乱雨潇潇。
凤钗半脱云鬓，窗影烛光摇。
渐暗竹敲凉，疏萤照晓，两地魂销④。

迢迢。问音信，
道径底花阴⑤，时认鸣镳⑥。
也拟临朱户，叹因郎憔悴，羞见郎招⑦。
旧巢更有新燕，杨柳拂河桥⑧。
但满目京尘⑨，东风竟日吹露桃⑩。

中华聚珍文学丛书——周邦彦词今译

【今译】

还记得当时的情景：她淡淡的眉毛愁苦地
　　横斜着，不断涌出的泪水把刚刚化好的
　　妆都弄坏了——
那是去年深秋的一个夜晚，门轻轻地掩上。
铿然坠地的落叶，把我们从惜别的沉思中
　　惊醒，只听寒蝉在树上叫得更加悲切了，
接着密集的雨点就潇潇地响成一片。
她发髻散乱，凤钗半卸。窗纸上映出我俩的
　　影子，在烛光中来回晃动。
渐渐地，凉风传来竹树沙沙的声响，几只
　　萤火虫闪烁着，迎来了熹微的晨光……自那
　　以后，我们就天各一方，忍受着相思的折磨。

多么遥远啊！我写信询问她的近况，
她回复说，这些日子她经常在小径里、花阴下
　　徘徊伫立，想从墙外过往的马铃声中发现
　　我归来。
她也曾打算到那扇朱红色的窗前眺望——

不过,她容颜憔悴虽然全是为了我,却又生
　　　怕这模样被我瞧见。
　啊,春天来了,去年的燕巢又住进新的燕子,
　　　碧绿的柳条也长得拂着了河桥。
　而我仍然继续在京城飞扬的尘土里奔波,看
　　　着东风一天到晚吹拂着枝头的桃花。

【注释】

　　① 黛:此指用黛色描过的眉毛。
　　② 红铅:胭脂和铅粉。
　　③ 寒螀:即寒蝉。蝉的一种。王充《论衡》:"寒螀啼,感阴
气也。"
　　④ 魂销:江淹《别赋》:"黯然销魂者,唯别而已矣!"
　　⑤ 底:里。
　　⑥ 镳:马勒。在马口中为衔,在口旁为镳。引申为乘骑之称。
李峤《长宁公主东庄侍宴》诗:"恋赏未还镳。"
　　⑦ 因郎憔悴:《丽情集》载崔莺莺与张生诗:"自从别后减容
光,万转千回懒下床。不为旁人羞不见,为郎憔悴却羞郎。"
　　⑧ 河桥:在汴京隋堤上,为送别之所。
　　⑨ 京尘:陆机《为顾彦先赠妇》诗:"京洛多风尘,素衣化
为缁。"
　　⑩ 露桃:水灵灵的桃花。顾况《瑶草春歌》:"露桃秋李自
成蹊。"

中华聚珍文学丛书—周邦彦词今译

少　年　游

　　这一首与下一首可以看作姊妹篇。同是追忆少年游冶时的情状而作。随着年事的增长，词人的生活日渐富足，然而少年时代的热情、幻想与追求也随之消失了。词人惆怅地觉察到了这一点。这两支短曲，是对往事的甜蜜追忆，是对少年情怀的无限眷恋，也是对青春逝去的深沉惋叹。

　　南都石黛扫晴山①。衣薄耐朝寒。
　　一夕东风，海棠花谢，楼上卷帘看。

　　而今丽日明如洗，南陌暖雕鞍。
　　旧赏园林，喜无风雨，春鸟报平安。

【今译】

　　楼外晴朗的山色，像用南阳产的石黛涂抹过
　　　　一般鲜明。（那时的我）只披一件单衣，便不
　　　　顾清晨的凉意急急起身。
　　昨儿东风刮了一整夜，园子里的海棠花只怕
　　　　都凋谢了，得赶紧打起帘子看一看。

如今艳阳高照，明丽如洗。我骑着马在城南
　漫步，感到温暖而舒适。

不知不觉又来到旧日游赏的园林，喜的是既
　没有刮风，也没有下雨，鸟儿啼鸣着，仿
　佛在说：那些花花草草啊，都平安无恙哩！

【注释】

　①南都：今河南南阳市。汉光武帝刘秀生长之地。在京城洛
阳之南，故称南都。张衡有《南都赋》。　石黛：一种青黑色的颜
料。古代妇女用以画眉。《玉台新咏》："南都石黛，最发双蛾。"又
《赵飞燕外传》："赵合德为薄眉，号远山黛。"这里是用眉黛来形容
远山。

少　年　游

朝云漠漠散轻丝。楼阁淡春姿。
柳泣花啼，九街泥重①，门外燕飞迟。

而今丽日明金屋②，春色在桃枝。
不似当时，小桥冲雨③，幽恨两人知。

【今译】

阴云漠漠的早晨，如丝的细雨轻轻飘散，
　　春天的楼阁，愈加显得姿容淡雅。
柳在流泪，花在啼哭，大街上一片泥泞，连
　　门外的燕子也湿漉漉的飞不动了。

如今丽日临窗，我坐在富丽堂皇的屋子里，安
　　闲地欣赏着迎春开放的桃花。
多么不同了啊，当时我和她是冒着雨在小
　　桥下约会，那种少年人的幽怨只有我俩自

己才明白！

【注释】

① 九街：犹言九陌。大路。
② 金屋：见《风流子》(新绿小池塘)注。
③ 冲雨：即冒雨。

秋 蕊 香

　　此词只八句,却写了思妇春日的三件事:午妆、针黹、入梦,均紧扣怀念远人着笔。"午妆粉指印窗眼",写思妇之无聊情状,贴切而新。

　　乳鸭池塘水暖。风紧柳花迎面。
　　午妆粉指印窗眼。曲里长眉翠浅。

　　问知社日停针线①。探新燕。
　　鬓钗落枕春梦远。帘影参差满院。

【今译】

　　池塘里的水变暖了,小鸭儿在游来游去。春
　　　风一阵紧似一阵,她站在窗前,柳絮纷纷
　　　飞扑在她的脸上。
　　午妆刚刚梳理罢,手指还沾着残粉,她一下一
　　　下地把它印在窗眼上。哦,那浅浅画出
　　　的眉,弯弯的、长长的……

她拿起针黹做起来，问起今儿是社日，就停下了活计，去檐前探看：燕子飞回来没有？

也许希望在梦中追寻远人，她睡着了。宝钗掉落在枕旁。渐渐地，西斜的夕阳把参差的帘影铺满了整个庭院……

【注释】

① 社日：古时春秋两次祭祀土神的日子。此指春社。唐宋时习俗，社日这天女子不做针线。张籍《吴楚歌词》："今朝社日停针线，起向朱樱树下行。"

南 乡 子

　　此词选取一位女郎晨起梳妆,偶然对镜沉思的细节,像一串镜头似地勾勒下来。至于她在想什么,却故意不说破。从而给读者留下广阔的联想余地。

　　晨色动妆楼。短烛荧荧悄未收。
　　自在开帘风不定①,飕飕。
　　池面冰澌趁水流②。

　　早起怯梳头。欲挽云鬟又却休。
　　不会沉吟思底事③,凝眸。
　　两点春山满镜愁④。

【今译】

　　清晨的光线洒进妆楼,四下里静悄悄的,
　　　　昨夜未燃尽的蜡烛上一点幽光还在闪动。
　　帘儿随意开阖着,风飕飕地吹个不停,
　　窗外,薄薄的冰片在池面上随水漂浮。

她清早起来就懒懒地不想梳头。要想挽起头
　　发,忽然又放下来。

不知道她这样沉吟着,在想什么心事?

只见梳妆镜里两道眉儿皱着,脸上堆满愁云。

【注释】

① 自在:随意。

② 澌:冰解而流。

③ 不会:不知,不领会。　底事:何事。

④ 春山:喻女子的眉毛。

中华聚珍文学丛书——周邦彦词今译

望 江 南

单纯写景之词,往往吃力而不易讨好,不是失诸堆砌琐碎,就是流于乏味平庸,此词却无此类毛病。其关键在于一起一结,意贯全篇,有如金线束珠,通体灵动。至于字句之精炼,还属其次。

游妓散,独自绕回堤。
芳草怀烟迷水曲,密云衔雨暗城西。
九陌未沾泥①。

桃李下,春晚未成蹊②。
墙外见花寻路转,柳阴行马过莺啼。
无处不凄凄。

【今译】

野外的筵席散了,歌妓们纷纷离开,我独自
沿着回环的堤岸走去。
碧绿的春草中,水气迷漫,曲折的河滩变得
模糊不清了。浓密的乌云预示着一场大雨

要来。城西那边，天色已经很昏暗。

我得快点走，趁大路上还未泥泞。

桃花和李花寂寞地开放着，春天都快过去了，
　　花下也不见踏出路来。

而我也只能在墙外匆匆瞧上一眼，就寻路绕
　　过去。连柳荫里黄莺们美妙的歌唱，也因
　　为只顾催马前行而错过了。

哎，这暮春的景色真是到处都那样凄楚动人！

【注释】

① 九陌：大路。

② 成蹊：《史记·李将军列传》："桃李不言，下自成蹊。"
蹊，路。

中华聚珍文学丛书—周邦彦词今译

浣 溪 沙

此词写一群年幼歌女。小女儿天真活泼的情状表现得十分生动有趣。

争挽桐花两鬓垂^①。小妆弄影照清池。
出帘踏袜趁蜂儿。

跳脱添金双腕重^②，琵琶拨尽四弦悲。
夜寒谁肯剪春衣？

【今译】

梧桐开花了，她们争着嚷着，把花儿摘下来，
　　插到垂着的鬓发上。等到打扮好了，纷纷
　　跑到水池旁，装模作样地照看自己的影子。
可是一只小蜜蜂在帘外飞过，她们只穿着袜
　　子就追了出去。

给她们带上金钏子，小小的手腕觉得太沉。让

她们弹奏琵琶,四根丝弦倒也悲悲切切地
弹成一支曲调。

可是,再叫她们裁剪春天的衣裳,却都怕熬夜
抵冷,谁也不肯去!

【注释】

① 两鬓垂:古代孩童不束发,谓之垂髫。
② 跳脱:用金、玉等饰物连缀成的手钏。

中华聚珍文学丛书——周邦彦词今译

浣 溪 沙

凡作诗词，须知情景相生之法。此语人人皆能道，唯真正做起来并臻于高妙，却非易事。此词上阕点明时序环境，遣词造句固自不弱。而下阕一动景（"金屋"句）、一静景（"衣篝"句），尤属千锤百炼之笔。动者风竹也，亦人之心绪也；微者沉香也，亦人之希望也。兼以结句一声怨叹，遂使思妇之烦乱失望，与周遭环境浑然融合。

雨过残红湿未飞。珠帘一行透斜晖①。
游蜂酿蜜窃香归。

金屋无人风竹乱，衣篝尽日水沉微②。
一春须有忆人时③。

【今译】

一场雨刚刚停歇，几朵残花还湿漉漉地挂在
枝头，道道夕阳透过珠帘照进屋里。
那些偷香酿蜜的蜂儿游荡够了，都忙着回窠。

这所华丽房子里再没有别人,只有窗外的竹
　　树在晚风中乱纷纷地摇摆。熏衣的香篝里,
　　水沉的香气经过一整天,已经变得很稀薄。
　　哎,我整整等待了一个春天,他总会有想念
　　人家的时候吧!

【注释】

　　① 一行:一排,一列。
　　② 篝:熏笼,下焚香料,用以熏蒸衣物。　水沉:沉香的
一种。
　　③ 须有:应有。

浣 溪 沙

《浣溪沙》一调,上下两阕各三句,人呼为"三只脚"。一二两句易作,唯第三句最费经营,稍不匀妥,则全首倾倒。此词两个"第三"均下得沉着工稳,无法摇撼,故是好词。

楼上晴天碧四垂。楼前芳草接天涯①。
劝君莫上最高梯。

新笋已成堂下竹,落花都上燕巢泥。
忍听林表杜鹃啼②!

【今译】

楼上晴朗的天空像蔚蓝色的帷幕四面悬挂,
　楼前芬芳的春草绵延不断,远接天涯。
你啊,请不要登上最高那一层去眺望吧!

堂前的春笋已长成森森绿竹。地上的落花也
　化成泥土,被燕子衔到梁上去筑巢了。
我又怎能忍受杜鹃在树林边上苦苦地叫唤:

"不如归去……"

【注释】

①　芳草：春草。古人常以芳草起兴，抒发对远行的感慨。《楚辞·招隐士》："王孙游兮不归，春草生兮萋萋。"

②　杜鹃啼：俗传杜鹃的鸣声似"不如归去"。

按：此词系作客异地、怀念故乡之作。

点 绛 唇

这首词从主题来看,可以归入"伤春""惜春"一类。可是,与其说词人是在认真地表现这个主题,毋宁说他要表现的,仅仅是心灵一刹那的感觉、一种特定的情调。正如西洋油画中的小品,有主题,又没有主题,但无疑有美的价值。

台上披襟①,快风一瞬收残雨。
柳丝轻举。蛛网黏飞絮。

极目平芜②,应是春归处③。
愁凝伫。楚歌声苦④。村落黄昏鼓。

【今译】

伫立在楼台上,我袒开衣襟,爽快的南风吹拂
  着,才一会儿雨就歇住了。
柳树的枝条轻盈地扬起,檐前的蜘蛛张开小
  小的网,又把过往的飞絮黏住。

眺望原野,那很远的地方,大概就是春天的

故乡吧?

我心里涌起了哀愁,怔怔地驻足凝望。忽然传
来楚人的歌声,调子是那样悲怆。那个暮色
笼罩的村落,还在咚咚地敲鼓呢!

【注释】

① 披襟:袒开衣襟。宋玉《风赋》:"楚襄王游于兰台之宫,宋
玉、景差侍。有风飒然而至。王乃披襟而当之曰:'快哉此风! 寡
人与庶人共者耶?'"

② 极目:穷尽目力。　平芜:平旷的草地。

③ 春归处:指南方。

④ 楚歌:此指湖北、安徽等地的歌谣。作者曾在这一带居留。

一 落 索

　　李清照《醉花阴》词："莫道不消魂,帘卷西风,人比黄花瘦。"
脍炙人口。此词亦有"莫将清泪湿花枝,恐花也、如人瘦"之句,
情味似稍逊。然李词确系女性口吻,周词则属男子言语,亦至为
明显。至于得句孰后孰先,其间有无渊源影响,则不可考矣。

　　眉共春山争秀。可怜长皱。

　　莫将清泪湿花枝,恐花也、如人瘦。

　　清润玉箫闲久。知音稀有。

　　欲知日日倚栏愁,但问取、亭前柳^①。

【今译】

　　浅浅的黛眉是那样秀美,只有妩媚的春山能
　　　与之相比。多可怜啊,它们却皱得紧紧地,
　　　有好长一段日子了。
　　哎,可别让泪水打湿了花枝,只怕花儿也会
　　　变得像人一般消瘦呢!

她那清亮圆润的玉箫声,已有很久听不到了。

大概是因为知音难觅罢?

想知道她日日倚着栏杆发愁,为的什么吗?

你就到长亭前边,问一问那棵柳树吧!

【注释】

① 亭:古代设于路旁供行人休息的亭舍,也常用作亲友折柳赠别行人之所。此句即暗用后一义。

中华聚珍文学丛书——周邦彦词今译

一落索

上一首写怨妇怀人,这一首则是写倦客思归。下半阕一"目断"、一"料想",是眼界之扩展,也是感情的递进。

杜宇思归声苦①。和春催去。
倚阑一霎酒旗风②,任扑面、桃花雨。

目断陇云江树③。难逢尺素④。
落霞隐隐日平西,料想是、分携处。

【今译】

杜鹃啼叫着:"不如归去……"声音多凄苦,
　连春天也被它催着匆匆离去。
一阵风吹过,青色的酒旗飘动起来。我倚着
　栏杆,一任纷飞的桃花扑打着我的脸。

纵目眺望,只有白云在田野上浮动,绿树在
　江头掩映,总是盼不到她捎来的音信。

啊,在那红日西沉、残霞隐约的极远处,我想
就是当时和她分手的地方吧!

【注释】

① 杜宇:杜鹃鸟,四川一带称为杜宇。按:杜宇本古蜀帝名。《华阳国志》载:鱼凫王后有王曰杜宇。七国称王,杜宇称帝,号曰'望帝'。会有水灾,禅位其相开明,升西山隐焉。《成都记》:"杜宇死,其魂化为鸟,名曰杜鹃,亦曰子规。"

② 酒旗:古代酒店立青旗作标志。杜牧《江南春》诗:"千里莺啼绿映红,水村山郭酒旗风。"

③ 陇:田中高处。

④ 尺素:书信。素,白色的绢,古人用以代纸。

满　庭　芳

　　此词一题作"夏日溧水无想山作"。当系作者四十岁前后，在江苏任溧水县令时的作品，旨在抒发个人的失意沦落之感。本词曾受到后代词评家的称扬。有人甚至认为"在本集固无第二首，求之两宋，亦罕见其俦"。其所以如此，原因大概如陈廷焯在《白雨斋词话》中所评论的："说得虽哀怨却不激烈，沉郁顿挫中别饶蕴藉。"也就是说，完全合于"温柔敦厚"的诗教。现在看来，这首词在艺术构思方面并无过人之处，主要是遣字造句、篇章结构上相当精纯圆熟，确实表现了作者深厚的功力。

風老莺雏，雨肥梅子，午阴嘉树清圆。

地卑山近①，衣润费炉烟。

人静乌鸢自乐②，小桥外、新绿溅溅。

凭栏久，黄芦苦竹③，拟泛九江船④。

年年。如社燕⑤，

飘流瀚海，来寄修椽⑥。

且莫思身外，长近尊前⑦。

憔悴江南倦客⑧，不堪听、急管繁弦。

歌筵畔，先安簟枕，容我醉时眠。

小莺儿在暖风里长成了,梅子受到雨水滋润
　　肥满起来。时近正午,绿树的阴影在阳光
　　下既清晰,又圆正。
这里地势低洼,又靠近山,要经常生起炉子,
　　消除衣服的湿气。
四下里静悄悄的,乌鸦自得其乐地飞上飞下;
　　在小桥那边,传来了哗哗的流水声。
我久久地倚着栏杆,望着周围黄芦苦竹,想起
　　白居易当年谪居江州,真希望乘船去追寻
　　他的踪迹。

啊,年复一年,我真像一只燕子,
在遥远荒僻的地方漂流,在屋椽之下借宿。
哎,且别去考虑那些身外之事,只管同酒杯
　　儿亲近吧!
我这个江南行客已经疲倦得很,憔悴得很了,
　　再也受不了那些强烈、繁杂的音乐的刺激。
在这歌舞筵宴的隔壁,请你们安排一套枕席,

让我喝醉了就自己去睡觉吧。

【注释】

① 山近：《清真集》强焕序云："溧水为负山之邑……待制周公（按：周邦彦官至徽猷阁待制）元祐癸酉(1093)春中为邑长于斯……所治后圃……有亭曰'姑射'，有堂曰'萧闲'，皆取神仙中事，揭而名之。"

按："地卑"句在九个字中，表达这样复杂的意思，而且如此妥帖优美，确实需要圆熟的技巧。故周济评曰："体物入微，夹入上下文似褒似贬，神味最远。"夏敬观评曰："警句，是五代人语。"

② 乌鸢：乌鸦。

③ 黄芦苦竹：白居易《琵琶行》诗："住近湓江地低湿，黄芦苦竹绕宅生。"

④ 九江：即江州，今江西省九江市。按：夏敬观评此句曰："此处顿挫，为后半蓄势。换头处直贯篇终，真觉翩若惊鸿，婉若游龙。"

⑤ 社燕：相传燕子于春天的社日从南方飞来，于秋天的社日飞回去，故称社燕。

⑥ 瀚海：沙漠地区。此泛指边远荒寒的地区。　修椽：承屋瓦的长椽子(燕子常依此筑巢)。

⑦ 身外：指功名事业一类的事。按：梁启超评"且莫"二句云："最颓唐语，却最含蓄。"

⑧ 江南倦客：作者的家乡在浙江钱塘，做官在安徽、江苏，故自称"江南倦客"。

隔 浦 莲

此词前头一大段为横写法，东涂一笔，西抹一笔，看似全无章法；至"纶巾羽扇"之后一变而为纵写法，五句一气直下，兔起鹘落。如此结体，便觉横者如杂花纷呈，纵者似劲枝拗折，益增其姿态。

新篁摇动翠葆①。曲径通深窈。
夏果收新脆，金丸落、惊飞鸟②。
浓翠迷岸草。蛙声闹。骤雨鸣池沼。

水亭小。浮萍破处，帘花檐影颠倒。
纶巾羽扇③，困卧北窗清晓。
屏里吴山梦自到④。
惊觉。依然身在江表⑤。

【今译】

新生的绿竹摇动着翠色的羽盖，曲折的小径
　　通向幽深的处所。
夏天成熟的果子新鲜脆嫩，它像金弹落下，惊

中华聚珍文学丛书——周邦彦词今译

飞了栖息的鸟雀。

水边一望浓绿,茂密的杂草迷离难辨。青蛙
　　的叫声在池塘里闹成一片,忽然又变成骤
　　雨的喧阗。

小小的亭子筑在水面上,浮萍散开时,飞檐
　　和帘子上花纹就投下明丽的倒影。

我头戴纶巾,手持羽扇,在清爽的早晨熟睡
　　在北窗之下。

梦中我走进床前的画屏里,仿佛又回到杭州
　　的吴山中……

忽然间又惊醒过来,却发现自己依然在江南!

【注释】

　　① 篁:竹子或丛生的竹树。　　葆:车盖,多饰以鸟羽,亦称羽
葆。此借以形容竹树。
　　② 金丸:指用弹弓发射的金属弹丸。李贺《嘲少年》诗:"背把
金丸落飞鸟。"
　　③ 纶(guān关)巾:古代用青丝带做的头巾,也叫"诸葛巾"。
　　④ 吴山:在浙江杭州西湖边上。
　　⑤ 江表:江南。从中原人看来,地在长江之外,故称"江表"。
此指江苏溧水县。

过　秦　楼

　　此词结构奇幻,词意迷离,初读似殊难索解。其实全词之立足点,在于结末二句。前面的种种想象与感慨,均由此起兴发生,却从远处着笔,倒写过来。清人黄仲则《绮怀》诗云:"似此星辰非昨夜,为谁风露立中宵?"构思与此差近。

　　水浴清蟾①,叶喧凉吹,巷陌马声初断。
　　闲依露井,笑扑流萤②,惹破画罗轻扇③。
　　人静夜久凭阑,愁不归眠,立残更箭④。
　　叹年华一瞬,人今千里,梦沉书远。

　　空见说、鬓怯琼梳⑤,容销金镜,
　　渐懒趁时匀染⑥。
　　梅风地溽,虹雨苔滋⑦,一架舞红都变。
　　谁信无聊,为伊才减江淹,情伤荀倩⑧。
　　但明河影下,还看稀星数点⑨。

【今译】

　　水池里浸浴着清明的月影,凉风吹得树叶阵

阵喧哗，街巷中已经听不见车马来往
　的声音。

我悠闲地靠在露湿的井栏上，她嬉笑着去扑
　打流萤，不留心把轻罗花扇弄破了。

此刻已是夜深人静，我却倚着栏杆满怀愁绪，
　不愿归寝，打算站到漏尽更残。

唉，人生的青春是多么短暂，我与心爱的人
　却相隔千里，连做梦也到不了那里，就是
　写信吧，也太遥远了啊！

我无可奈何地听说——她鬓发逐渐斑白稀
　疏，因而拿起玉梳子心里就发虚；镶金宝镜
　里，容颜正消瘦下去。

她已经没心思梳妆打扮，追赶时尚了。

啊，梅熟时的风使地面变得潮湿，初夏的雨
　使苔藓长得日渐丰满，满树婆娑起舞的繁
　红都已摇落凋残了。

有谁相信，百无聊赖的我，为了她竟变得像
　江淹那样无心述作，像荀倩那样哀伤不已！

我唯有仰望银河，辨认着那几颗疏落的星星，

寄托遥远的思念。

【注释】

① 蟾：蟾蜍，月亮的代称。

② 笑扑流萤：唐杜牧《秋夕》诗："银烛秋光冷画屏，轻罗小扇扑流萤。天街夜色凉如水，卧看牵牛织女星。"

③ 画罗：描花的罗（一种丝缕稀疏而轻软的织物）。

④ 更箭：指铜壶滴漏中标有时间刻度的浮尺。

⑤ 琼梳：玉梳。

⑥ 趁时匀染：按照时尚妆饰打扮。

⑦ 虹雨：初夏的雨。

⑧ 才减江淹：《南史》载：江淹少时尝宿于冶亭，梦人授五色笔，文思因之锐进。后梦郭璞取其笔，自此为诗无美句，人称才尽。这里借用此典系指神思恍惚，无心著述。　情伤荀倩：《世说新语》载：荀奉倩妻曹氏有艳色，妻尝病热，奉倩尝以身熨之。妻亡。叹曰："佳人难再得！"吊之，不哭而神伤，未几，奉倩亦卒。

⑨ 明河：银河。　稀星：杜甫《倦夜》诗："稀星乍有无。"按：此当系指牵牛、织女之星。盖暗用杜牧诗之意。

中华聚珍文学丛书——周邦彦词今译

苏 幕 遮

　　此词由眼前荷花想到故乡之荷花，一段思乡之情，皆从荷花身上款款道出。构思已是佳妙。至于上阕写雨后风荷之神态，下阕写小楫轻舟之归梦，均尽态极妍，令人意往魂消。周词向称"富艳精工"，此词即其一例。

　　燎沉香，消溽暑。
　　鸟雀呼晴，侵晓窥檐语。
　　叶上初阳干宿雨。
　　水面清圆，一一风荷举。

　　故乡遥，何日去？
　　家住吴门①，久作长安旅②。
　　五月渔郎相忆否？
　　小楫轻舟③，梦入芙蓉浦④。

【今译】

　　把沉香燃起来，以驱除潮湿的暑气。
　　鸟雀们预感到要放晴，天刚亮就在檐前叽叽

喳喳地叫个不停。

早晨太阳照在叶子上，昨夜的雨水很快干了。

水面上，荷花在微风中摇摆着，一一举起了
　　圆圆的、半透明的绿盖。

啊，我不禁想起故乡来了，她是那样遥远，
　　我何日才能归去呢?

我家在吴门那边，却长期在汴京做客居留。

在这撩人情思的五月，故乡打鱼的阿哥哟，
　　你还记得我吗?

我老是梦见乘上你们那轻灵的小舟，在开满
　　荷花的池塘穿行……

【注释】

① 吴门: 苏州的别称。按: 作者的家乡是浙江钱塘，这里是
以吴门泛指江南一带。

② 长安: 今陕西省西安市，汉、唐等朝的京城，此借指北宋京
城汴京(河南省开封市)。

③ 楫: 船桨。

④ 芙蓉浦: 有溪涧可通的荷花塘。荷花又名芙蓉。

点 绛 唇

上阕四句错开,分写旅途小憩及沿途所见。下阕写重新上路,却五句直下,一波三折。小令如此结体,气象便见阔大。清真往往用之。

征骑初停,酒行莫放离歌举①。
柳汀烟浦②。看尽江南路。

苦恨斜阳,冉冉催人去。
空回顾。淡烟横素③。不见扬鞭处。

【今译】

长途跋涉的马儿刚刚停下,请只管把大伙儿
    的酒杯斟满,别唱令人心烦的离别之歌。
杨柳依依的沙洲,烟雾蒙蒙的水岸,这些个
    江南的风物,一路上使我愁肠百转!

这无情的斜阳不知不觉又偏西了,它在催促
    我上路。

我徒然回顾,淡淡的暮烟就像一匹白色素绢
　　横在眼前,连刚才出发的地方都看不见了。

【注释】

① 酒行:即行酒,酌酒以奉客。　举:起,此指歌唱。
② 汀:水中沙石淤积成的小块平地。　浦:水滨。
③ 素:白色的生绢。

诉 衷 情

上阕用极工致之笔，集中刻画了人物的一个细节动作，过片三句渲染出背景，却只是寥寥数笔。最后着力处，是人物的表情心理。下笔若不经意，却尽收微妙空灵之效。一幅工笔仕女图至此便呈现在读者面前。

出林杏子落金盘。齿软怕尝酸。
可惜半残青紫，犹印小唇丹。

南陌上，落花闲①。雨斑斑。
不言不语，一段伤春，都在眉间。

【今译】

刚刚从树上采下来的鲜杏堆在金盘子里，她
　　说牙齿软，怕尝这酸溜溜的味儿，才咬了
　　一小口，就放下了。
那枚青紫色的残杏怪可惜的，上面还有着她
　　红红的唇印呢……

城南的大街上，花朵从枝头上悠然飘落，在
雨中交织成一片斑驳的色彩。

虽然她不言不语，可是因春天逝去所引起的
感伤，都在她双眉间显露出来了。

【注释】

① 南陌二句：南唐中主李璟《帝台春》词："芳草碧色，萋萋遍
南陌。飞絮乱红，也似知人，春愁无力。"

风　流　子

　　启程前夜,别筵已散,送行的女郎亦已离去。词人独处一室,强烈的孤寂之感涌上心头,他反复地回想着两人刚才话别时的情景,发出了痛苦的呼唤——

　　枫林凋晚叶,关河迥①,

　　楚客惨将归②。

　　望一川暝霭,雁声哀怨,

　　半规凉月,人影参差。

　　酒醒后,泪花销凤蜡③,风幕卷金泥④。

　　砧杵韵高⑤,唤回残梦,

　　绮罗香减⑥,牵起馀悲。

　　亭皋分襟地⑦,

　　难拚处⑧、偏是掩面牵衣。

　　何况怨怀长结,重见无期。

　　想寄恨书中,银钩空满⑨,

　　断肠声里,玉箸还垂⑩。

　　多少暗愁密意,唯有天知!

【今译】

深秋的傍晚,枫树林里的叶子在凋落,山川
　　的路途是那样遥远。
我怀着凄惨的心情,即将离别这客居的异地,
　　回去了。
举目远望,但见江面上笼罩着浓重的暮霭,
　　宿雁的叫声是那样哀怨。
在半轮秋月的微光里,送行人们的参差身影,
　　还依稀可辨……
当一觉醒来,酒意消退,陪伴我的只有半截
　　残烛,一摊蜡泪,烫金的帘幕正随风舒卷。
户外响亮的捣衣声驱散了我最后一丝梦幻,
我忽然发觉她那熟悉的衣香已经消失了,禁
　　不住又悲从中来。

啊,水边的那块平地,我们最后分手的地方。
还记得,当时我已是难舍难分,偏偏她还要
　　牵着我的衣服,哀哀掩泣。
更何况,此后我们只能永远怀着满腔的哀怨,

却没有再见的机会了!

可以预想我们只能把深长的思念,密密麻麻
　　地写在往来的书信中,

或者去弹奏起一支愁肠欲断的曲子,让泪水
　　默默地流下来。

啊,这暗藏的愁苦,这深密的感情怎样计量,
　　只有老天才知道吧!

【注释】

　① 迥:远。

　② 楚客:作者是南方人,故自称楚客。　将归:宋玉《九辩》:
"登山临水兮送将归。"

　③ 凤蜡:《南史》载:王僧绰少时与兄弟聚会,采蜡烛泪为凤
凰。凤蜡事本于此。句中凤蜡泛指蜡烛。

　④ 金泥:器物上的烫金。

　⑤ 砧杵:古代妇女以砧杵捣衣。关于捣衣,历来解释多不统
一。或言是妇女把织好的布帛,铺在平滑的砧板上,用两条木棒
(杵)把它敲平,以备裁缝衣服。有时已成的衣服,也用这个方法
捣,使之干净。

　⑥ 绮罗香:女子衣裙上的香。

　⑦ 亭皋:亭,平坦。皋,水旁地。　司马相如《上林赋》:"亭皋
千里,靡不被筑。"

　⑧ 难拚:难以割舍。

　⑨ 银钩:指字迹。人称晋朝索靖的草书宛若银钩。

　⑩ 玉箸:指珍珠中较长者,此代指眼泪。

齐 天 乐

秋 思

　　此词题为"秋思",写的是作者在秋天里的感受和心情。因词中有"荆江留滞最久"一句,周济便据以断定"此清真荆南作也",并认为词人"身在荆南,所思在关中,故有'渭水'、'长安'之句"(《宋四家词选》)。其实不然。词中起句已清楚点明此时作者身在台城(今江苏南京附近)。他实际是在南京怀念从前在荆州居留时结识的朋友,进而追忆一起在长安游历的情景。细味词意,当知此说不诬。(参见《渡江云》附考)

绿芜凋尽台城路^①,殊乡又逢秋晚^②。

暮雨生寒,鸣蛰劝织^③,深阁时闻裁剪。

云窗静掩^④。叹重拂罗茵,顿疏花簟^⑤。

尚有练囊^⑥,露萤清夜照书卷。

荆江留滞最久,故人相望处,离思何限。

渭水西风,长安乱叶^⑦,空忆诗情宛转。

凭高眺远。正玉液新篘^⑧,蟹螯初荐^⑨。

醉倒山翁^⑩,但愁斜照敛。

【今译】

台城里，路旁青草全都凋谢，在这个离开故
　乡的异地，我又迎来了深秋时节。
一场暮雨之后，天气变得微有寒意，墙根下
　促织虫叫个不停。楼阁深处不时传出剪刀
　和尺子的声响——妇女们在赶制寒衣了。
窗子静悄悄地关着。我重新展开夹被，并把
　凉席收起，心里发出轻微的喟叹。
絑布囊里还装有一群萤火虫，它在这凄清的
　夜晚，将为我照明读书。

我年轻时在荆州居留的时间可算最久，那里
　有许多老朋友互相想望，有多少离愁别绪。
我徒然回忆起那一次游历关中，也正是渭水
　西风、长安落叶的深秋，当时我们的诗情
　是何等的宛转飞扬。
现在又到了凭高眺远的季节，美酒已经酿成，
　螃蟹也开始上桌了。
你这位"山翁"又将大醉一场，只担心天黑

得太早，不能尽兴吧！

【注释】

① 芜：草。　台城：在今江苏南京江宁区治北，本为三国时孙吴建业城内的苑城，晋咸和年间修缮为新宫，亦谓之宫城。宋、齐、梁、陈皆沿袭为宫。因其城在南京附近，故刘禹锡《金陵五咏》有《台城》一篇。后人也有以台城称南京者。按：据王国维《清真先生遗事》考证：周邦彦于宣和元年或二年（1119 或 1120）罢处州知州，提举南京鸿庆宫。此词当系是时所作。

② 殊乡：异乡。

③ 蛩（qióng 穷）：蟋蟀。又名促织，以其鸣声像织布之声。

④ 云窗：描着云状图案的窗子。

⑤ 花簟：带花的席子。

⑥ 練：一种稀疏的夏布。《晋书》载：车胤恭勤不倦，博学多通，家贫不常得油，夏月则以練囊盛数十萤火以照书，以夜继日焉。此二句系借用该典。

⑦ 渭水西风，长安乱叶：唐贾岛《忆江上吴处士》诗："秋风吹渭水，落叶满长安。"长安即今陕西省西安市，唐朝京城，渭水流经长安附近。

⑧ 筶（chōu 抽）：以酒笼漉取酒。

⑨ 蟹螯：《世说新语·任诞》："毕茂世云：'一手持蟹螯，一手持酒杯，拍浮酒池中，便足了一生。'"

⑩ 山翁：晋朝山简每置酒，辄醉。儿童歌曰："山公出何许，往至高阳池。日日倒载归，酩酊无所知。"

木 兰 花

暮 秋 饯 别

此词之思想内容于同类作品虽无所突破,然而音节雄浑,意象苍莽,兼之遣词造句精妙工稳,自有其可观之处。

郊原雨过金英秀①。风拂霜威寒入袖。
感君一曲断肠歌,劝我十分和泪酒②。

古道尘清榆柳瘦。系马邮亭人散后③。
今宵灯尽酒醒时④,可惜朱颜成皓首⑤。

【今译】

一场秋雨过去之后,原野上的金菊花开放得
　更加秀劲了。萧瑟的西风吹拂着,寒霜的
　威力侵入衣袖。
你为离别而唱的一曲清歌是如此哀切感人,
　尽管我的酒量已经满到了十分,但还是带
　着眼泪,只管吞下去。

尘土不飞的古道上，榆树和杨柳的枝叶脱落
　不少，更显得清瘦。当送别的朋友们散去
　后，我来到驿站把马系好，准备歇息。
　啊，今夜孤灯燃尽，酒醒之时，恐怕沉重的
　愁苦使我的头发都变白了！

【注释】

① 金英：指菊花。
② 感君二句：白居易《晓别》诗："请君断肠歌，送我和泪酒。"
③ 邮亭：指驿站。
④ 今宵句：柳永《雨霖铃》词："今宵酒醒何处，杨柳岸，晓风
残月。"
⑤ 朱颜：青春美好的容颜。　皓首：白头。

霜 叶 飞

　　秋夜将尽,霜风凄紧。陪伴了词人一夜的圆月,终于坠落到树林后面去了。过了一会儿,它仿佛依依不舍似的,忽然又向缥缈的天幕投出最后一抹光华,词人的心弦被强烈地拨动了,他的思绪一下子伸展得很远。

　　露迷衰草。疏星挂,凉蟾低下林表①。
　　素娥青女斗婵娟②,正倍添凄悄。
　　渐飒飒、丹枫撼晓。横天云浪鱼鳞小。
　　似故人相看,又透入、清辉半晌,特地留照。

　　迢递望极关山③,波穿千里,度日如岁难到。
　　凤楼今夜听秋风④,奈五更愁抱。
　　想玉匣、哀弦闭了。无心重理相思调。
　　见皓月、牵离恨,屏掩孤鼙⑤,泪流多少?

【今译】

　　衰败的草丛缀满迷蒙的露珠,几颗疏星挂
　　　在天际,月亮落到了树林的边上。

月色和霜气互相激射着,使秋夜显得更加
　凄清寂寥。

红色的枫树飒飒地摇撼着,天渐渐破晓。鱼
　鳞状的云彩,波浪般地伸展着,横亘天际。

忽然,像依依不舍的老朋友,月亮把清澈的
　光辉透进来,特意再照看我一会儿。

极目眺望那遥远的关山,但见江波千里流去。
　我感到度日如年,却无法到达那边。

啊,今天夜里,她在凤楼上听着索索的秋风,
　到这五更天气,将如何排遣愁怀呢?

可以想见,她已经把悲哀的瑶琴锁进玉匣里,
　再没有心情去弹奏相思的曲子了。

可是每逢看见明月当空,必定仍然会牵引起
　满腔离愁别恨。哎,她独自躲在屏风后面,
　双眉深锁,不知流下多少眼泪啊!

【注释】

①　凉蟾:凉月。
②　素娥:即嫦娥,居于月中之神。　青女:霜神。《淮南子·
天文训》:"至秋三月,青女乃出,以降霜雪。"高诱注:"青女,天神,

青霄玉女,主霜雪也。" 按:李商隐《霜月》诗:"青女素娥俱耐冷,月中霜里斗婵娟。"是指霜气与月色相激射。此用其意。

③ 迢递:辽远貌。

④ 凤楼:妇女的居处。南朝江总《箫史曲》:"来时兔月照,去后凤楼空。"

⑤ 颦:皱眉。

塞 垣 春

　　此首亦写别离与相思。上阕描绘秋景，从"念多材"开始引发"幽恨"之情，下阕遂转为追念相思之人，设想对方的夜半难寐，形容憔悴，其实隐含的是自己也为相思所苦。杜甫名作《月夜》诗中想象远方的妻子"香雾云鬟湿，清辉玉臂寒"，韦庄《浣溪沙》词"想君思我锦衾寒"，皆是此法。

　　暮色分平野。傍苇岸、征帆卸。
　　烟村极浦①，树藏孤馆，秋景如画。
　　渐别离气味难禁也。更物象、供潇洒②。
　　念多材浑衰减，一怀幽恨难写。

　　追念绮窗人，天然自、风韵娴雅。
　　竟夕起相思，漫嗟怨遥夜③。
　　又还将、两袖珠泪，沉吟向寂寥寒灯下。
　　玉骨为多感，瘦来无一把④。

【今译】

　　平坦的原野，好大一片已没入茫茫的暮色中。

中华聚珍文学丛书——周邦彦词今译

航船停靠在长满芦苇的岸边,卸下了风帆。

炊烟袅袅的村庄,点缀在远处的水滨,绿树
　　丛中隐现出一幢馆舍。这秋天的景致,真
　　像一幅美妙的图画。

渐渐地,离乡别井的滋味又涌上心头。多么
　　不好受啊! 尽管眼前的风物足以供我借景
　　寄情,抒发怀抱。

可是近来因为才思衰退,就连满怀幽恨,也
　　无法抒写了。

我追念起那扇美丽小窗前的人儿,她那种天
　　然风韵,娴静又高雅。

她想必正为相思而失眠,整夜徘徊着,徒然
　　感叹怨恨暗夜的漫长。

她会在寂寞的寒灯下,默默思量着,让悲苦
　　的泪水滴在双袖上……

唉,由于多愁善感,她那娇弱的身子,只怕
　　消瘦得不成样子了。

【注释】

　　① 极浦:远浦。浦,水滨。

塞｜垣｜春

② 物象：万物之形象。　潇洒：洒脱不受拘束。

③ 竟夕二句：张九龄《望月怀远》诗："情人怨遥夜，竟夕起相思。"此用其意。漫：徒然，空自。

④ 无一把：俗云："瘦剩一把骨。"此言"无一把"，是极言其消瘦。

中华聚珍文学丛书—周邦彦词今译

氏 州 第 一

旅途日暮,船泊荒村,秋天的景色是那样萧索、悲凉。词人和他的朋友默默相对,各自陷入了深深的思忆之中……

波落寒汀①,村渡向晚,遥看数点帆小。

乱叶翻鸦,惊风破雁,天角孤云缥缈。

官柳萧疏②,甚尚挂、微微残照。

景物关情,川途换目③,顿来催老。

渐解狂朋欢意少。奈犹被、思牵情绕。

座上琴心④,机中锦字⑤,觉最萦怀抱。

也知人、悬望久,蔷薇谢、归来一笑。

欲梦高唐⑥,未成眠、霜空又晓。

【今译】

凄清的汀洲旁,江波浅落。山村的渡口已
是暮色苍茫,几点帆影在远处移动着。

纷乱的落叶随着归鸦翻飞,凛冽的疾风把南

去的雁行吹散，天际飘荡一缕淡淡的云彩。

路旁的官柳，已经稀稀落落，奇怪的是枝条
　　上还微微透出光泽，哦，那是残阳的光影。

自然景物最能影响心情，我沿水路走，眼看
　　一切都变了样，顿时感到自己也衰老不少。

我渐渐理解同行的这位豪放的朋友，为何变
　　得郁郁寡欢了。有什么办法呢，对亲人的
　　思念之情正在苦苦地缠绕着他啊！

我发觉夫妻之间那种"琴心锦字"式的深情
　　蜜意，最令人牵肠挂肚。

我也知道，家中的亲人同样在想念我。等待
　　着来春蔷薇花谢时，我回去与她欢聚。

可眼下我只能把相会寄托在梦中，谁知翻来
　　覆去总是睡不着。不知不觉，天又亮了。

【注释】

① 汀：汀洲。水中的小块陆地。

② 官柳：官府种植的柳树。《晋书·陶侃传》："(侃)尝课诸营
种柳，都尉夏施盗官柳植之于己门。"

③ 川途：水路。

中华聚珍文学丛书—周邦彦词今译

④ 琴心:《史记·司马相如列传》载:司马相如往卓王孙家,一坐尽倾。时王孙女文君新寡,相如以琴心挑之。后文君遂私奔相如。

⑤ 锦字:晋朝窦滔妻苏氏能属文。苻坚时,滔坐罪徙流沙,苏氏以回文七言诗织锦上以寄滔。辞甚清婉。

⑥ 高唐:宋玉《高唐赋》:"昔者先王尝游高唐,怠而昼寝,梦见一妇人曰:'妾巫山之女也。为高唐之客。闻君游高唐,愿荐枕席。'"此借指与爱人于梦中相会。

少　年　游

　　张端义《贵耳集》载："道君（宋徽宗）幸李师师家，偶周邦彦先在焉。知道君至，遂匿于床下。道君自携新橙一颗云：'江南初进来。'遂与师师谑语。邦彦悉闻之，隐括成《少年游》。"下并有邦彦因之获罪，始遭斥逐，终复获赦种种曲折叙述。此说一度流播颇广，近人王国维已力辨其妄，论见《清真先生遗事》中。此词上阕写实，"破橙""吹笙"二事极琐细，却极绮艳有情；下阕虚写，"低声问"云云，言语极寻常，却极深挚动人。一经拈出，便成佳构。非工于体物察情者，不能有此笔墨。

　　并刀如水①，吴盐胜雪，纤指破新橙。
　　锦幄初温②，兽香不断③，相对坐吹笙。

　　低声问向谁行宿④？城上已三更。
　　马滑霜浓⑤，不如休去，直是少人行⑥。

【今译】

　　　并州的剪刀在灯下像一泓闪动的秋水，吴地
　　　　的细盐在碟子里像一撮晶莹的白雪。她用
　　　　纤纤玉指剥开了一只时新的香橙。

华美的帐幔刚刚被熏暖,兽形香炉还不断飘散着香气。我们面对面,坐着吹笙。

她低声问我:到哪儿歇宿? 城上打过三更了。满地都结了厚霜,马蹄会打滑的,不如留下来别走。这会儿,街上行人已经很少了。

【注释】

① 并刀:并州(今山西太原)出产的剪刀。以锋利著称。杜甫《戏题王宰画山水图歌》:"焉得并州快剪刀,剪取吴松半江水。"

② 幄:帐幕。

③ 兽:指兽形香炉。

④ 谁行:何处。

⑤ 马滑霜浓:谭献《复堂词话》评此词云:"丽极而清,清极而婉,然不可忽过'马滑霜浓'四字。"此四字何以不可忽过,谭氏语焉不详。窃以为此词上半落笔凝重,下半却轻。如无"马滑霜浓"一重笔镇之,则难免头重脚轻,失却平衡。四字虽微,却如秤之有砣,未可忽也。

⑥ 直是:正是。

庆 宫 春

　　此词上半极写秋旅凄凉,下半极写风光锦绣,于大开大合、激射对比中完成主题之表现。结句自嘲自笑,似悟未悟,留下多少低回余地。

　　云接平冈①,山围寒野,
　　路回渐转孤城。
　　衰柳啼鸦,惊风驱雁,动人一片秋声。
　　倦途休驾②,澹烟里、微茫见星。
　　尘埃憔悴,生怕黄昏,离思牵萦。

　　华堂旧日逢迎。
　　花艳参差③,香雾飘零。
　　弦管当头④,偏怜娇凤⑤,夜深簧暖笙清⑥。
　　眼波传意,恨密约、匆匆未成。
　　许多烦恼,只为当时,一晌留情⑦。

【今译】

　　浮云连接着平直的山脊,山岭围绕着萧瑟的

原野。

顺着回环的道路，我渐渐走近一座孤零零
　　的城镇。

衰飒的柳树上，乌鸦在啼叫；疾风中大雁加
　　劲飞向南方。秋天的声音到处回荡，叩
　　击着我的心扉。

我停下车驾，结束一天疲倦的跋涉。在惨淡
　　的暮烟里有微光在闪烁，哦，那是星星啊！

路途上的尘土，使我变得容颜憔悴。我最怕
　　就是这日暮黄昏的一刻，满腔离愁别绪都
　　被牵引出来，缠绕心头。

记得当时，在那华丽的厅堂之上聚会欢宴
　　的情景，

花枝招展的美人儿参差来往，沁人心脾的香
　　气四处飘溢。

在正对面那群奏乐的女孩子中，有一位娇小
　　的人儿最使我倾心。深夜里她捧着笙在吹，
　　气息温暖了簧片，发出清亮的旋律。

我们用眼波传递着情意，只恨时间匆促，来

不及订一个秘密约会。

啊，人生有许多烦恼，都只为当初邂逅之际，轻用了情。

【注释】

① 冈：山脊。

② 休驾：停下车子。

③ 花艳：如花艳质，指美女。

④ 当头：对面。

⑤ 娇凤：形容玉笙的声音如凤鸣，亦代指吹笙的女子。梁武帝萧衍《凤笙曲》："绿耀克碧雕琯笙，朱唇玉指学凤鸣。"

⑥ 簧：乐器里的薄叶，用竹箬或铜片制成，作为发声时的振动体。

⑦ 一晌：一会儿。

中华聚珍文学丛书—周邦彦词今译

醉 桃 源

蝇本不美不洁之物,而词中女子却以之自比。这种手法,但取其一点,质朴粗犷,俗而不俗,当自民间歌词中学来。

冬衣初染远山青。双丝云雁绫①。
夜寒袖湿欲成冰。都缘珠泪零。

情黯黯,闷腾腾。身如秋后蝇。
若教随马逐郎行。不辞多少程。

【今译】

刚穿上身的冬衣如远山般青绿,料子是双丝
　　织就的花绫,上面还有云雁的图案。
在寒冷的夜里,衣袖被打湿一片,都快结成
　　冰了。唉,那是因为泪水不停地流下来啊!

我心情愁苦,闷闷不乐。身子也像秋后的苍
　　蝇那样懒洋洋的,动都不想动。

不过，若是让我跟在那冤家的马后去啊，任
凭去多远，我都不在乎！

【注释】

　　① 绫：一种似缎而薄的丝织品。白居易《缭绫》诗："织为云外
秋雁行，染作江南春水色。"

夜 游 宫

周济云："此亦是层层加倍写法。本只'不恋单衾'一句耳，加上前阕，方觉精力弥满。"（《宋四家词选》）自有一定道理。然而就本词之特点而论，不如说是用了"悬念法"——"为萧娘，书一纸"本为起因，故不说破，却先写人物的种种行为情状，让读者诸多猜疑，至结句始揭出底蕴。如此结构，便有跌宕顿挫之味。

叶下斜阳照水，卷轻浪、沉沉千里。

桥上酸风射眸子①。

立多时，看黄昏，灯火市。

古屋寒窗底。听几片、井桐飞坠。

不恋单衾再三起②。

有谁知？为萧娘③，书一纸！

【今译】

西沉的夕阳穿过叶子，投射在水面上，波浪
　　轻轻翻卷着，在沉沉的暮霭中向远方流去。
站在桥上，尖利的风吹得人眼睛发酸。

我长久地伫立，看黄昏的街市亮起点点灯火。

回到老屋冷冰冰的窗下，听着井旁梧桐树
　　的叶子在飘落，一两片，三四片……
唉，我几次三番地从床上爬起来。
这种心情有谁能理解？都只为她——给我寄来
　　了那样一封信啊！

【注释】

① 酸风：李贺《金铜仙人辞汉歌》："魏官牵车指千里，东关酸风射眸子。"
② 单衾：单薄的被子。
③ 萧娘：女子的泛称。杨巨源《崔娘诗》："风流才子多春思，肠断萧娘一纸书。"

解 语 花

元 宵

周济云："此美成在荆南作,当与《齐天乐》同时。到处歌舞太平,京师尤为绝盛。"(《宋四家词选》)荆南,即荆州(今湖北江陵县)。作者时当盛年,仕途失意,远离京师。故抑塞不舒之气,于词中隐隐透出。

风销绛蜡①,露浥红莲,灯市光相射。
桂华流瓦②。纤云散、耿耿素蛾欲下③。
衣裳淡雅。看楚女、纤腰一把④。
箫鼓喧、人影参差,满路飘香麝。

因念都城放夜⑤。
望千门如昼,嬉笑游冶。
钿车罗帕⑥。相逢处、自有暗尘随马⑦。
年光是也⑧。唯只见、旧情衰谢。
清漏移⑨,飞盖归来⑩,从舞休歌罢。

【今译】

绛烛的光焰在春风中忽闪着,入夜的露水打

湿了红色的莲灯。满街满巷的花灯发出灿烂的光华,交相映射。

如水的月光泻落在屋脊的瓦上,薄薄的云彩散开,仿佛有光艳照人的仙女们要降临人间。

瞧,成群结队的楚地姑娘们,衣裳多么淡雅,腰肢多么苗条!

箫在吹奏,鼓在喧阗。人影参差来往,醉人的香气满街飘荡。

我于是想起当年在京城,过节时也开放夜禁,无数门户都张灯结彩,望去恍如白昼。人们喜气洋洋地嬉游玩乐。

钿车上的歌妓挥动香罗手帕,所到之处招引了许多人跟在马后看。

今年的光景还是一样,唯是旧日的情兴已经衰谢了。

夜一深,我就急急把车子赶回家去,歌舞再热闹都不加理会。

【注释】

① 绛：红色。

② 桂华：月光。传说月中有大桂树，故以桂代月。

③ 耿耿：光明貌。　素娥：仙女。王铚《龙城录》载唐玄宗游月宫，见一大宫府，榜曰"广寒清虚之府"，"有素娥十余人，皆皓衣乘白鸾往来，舞于大桂树下"。又：素娥亦可指月里嫦娥。

④ 楚女纤腰：《韩非子·二柄》："楚王好细腰，而国中多饿人。"杜牧《遣怀》诗："楚腰纤细掌中轻。"

⑤ 放夜：陈元龙《片玉集注》引《新记》："京城街衢，有金吾晓暝传呼，以禁夜行。惟正月十五夜，敕许金吾弛禁，前后各一日，谓之放夜。"

⑥ 钿车：以金为饰的华丽车子。元稹《痁卧闻幕中诸公征乐会饮因有戏呈三十韵》："钿车迎妓乐。"

⑦ 暗尘随马：车马经行之处，尘土飞扬。苏味道《观灯》诗："暗尘随马去，明月逐人来。"此指追看的人扬起尘土。

⑧ 是也：还是一样。

⑨ 清漏移：指夜深。漏，古代用水计时的器具。

⑩ 飞盖：飞驰的车子。盖，车顶。

大　酺

春　雨

　　连日不停的春雨,把词人困阻在旅途中,他怀着百无聊赖而又烦躁不安的心情,把客舍里的所见所感详细地记录下来。其中有景物的描写,人物的活动,气氛的渲染,心理的刻画,交织成一幅生动别致的"春驿困雨图"。

　　对宿烟收,春禽静,飞雨时鸣高屋。

　　墙头青玉旆①,洗铅霜都尽②,嫩梢相触。

　　润逼琴丝,寒侵枕障③,虫网吹黏帘竹。

　　邮亭无人处④,听檐声不断,困眠初熟。

　　奈愁极顿惊,梦轻难记,自怜幽独。

　　行人归意速。最先念、流潦妨车毂⑤。

　　怎奈向⑥、兰成憔悴⑦,卫玠清羸⑧,

　　等闲时、易伤心目。未怪平阳客⑨,

　　双泪落、笛中哀曲。况萧索、青芜国⑩。

　　红糁铺地⑪,门外荆桃如菽⑫。

　　夜游共谁秉烛⑬?

【今译】

昨夜雾气渐渐散去,枝上的鸟儿却静悄悄的,
　只听一阵一阵飞雨打得屋顶沙沙作响。
青青的竹树伸出墙头,枝干上的箨粉被雨水
　冲洗干净,嫩生生的枝梢轻轻地互相碰触。
水气使琴弦变潮,寒意透过屏风侵入枕席里;
　竹帘上黏满了被风吹来的虫网。
在旅舍静悄悄的一角,我听着檐前滴滴答答
　的雨声,迷迷糊糊地睡着了。
怎奈心中愁苦,忽然又惊醒过来,依稀做了
　个什么梦,但记不真切了。啊,我是多么
　的寂寞孤单!

我此刻归心似箭,首先最担心的是,道路上
　到处泥泞积水,妨碍我驱车赶路。
真是无可奈何啊! 我像庾信那样因思乡憔悴,
　又像卫玠那样羸弱多病。
即使遇到很平常的情况,也会伤心丧气起来。
　这就不必奇怪,当年马融客居平阳,

听见有人吹起京城的笛曲，竟然会掉下眼泪。

何况周遭都变得萧条冷落，成了野草的王国。

地上铺满落红，门外的樱桃已结出豆子般大的果实了。

啊，在这无聊的夜晚，有谁同我一起点上蜡烛，想法子快乐一下呢？

【注释】

① 青玉旆(pèi 佩)：此形容竹树。旆，古时旗末状如燕尾的垂旒。

② 铅霜：此指竹身上的箨粉。

③ 枕障：指把床铺隔开的屏风。

④ 邮亭：指驿站旅舍。

⑤ 流潦：道路积水。　毂：车轮中心的圆木，周围与车辐的一端相接，中有圆孔，用以插轴。

⑥ 怎奈向：即怎奈，无奈。向，语助词，无义。

⑦ 兰成：后周庾信小字兰成，留滞北方，常有乡关之思。遂作《哀江南赋》，又作《愁赋》。

⑧ 卫玠：晋卫玠貌美，善清谈。清瘦羸弱，二十七岁病逝。

⑨ 平阳客：东汉马融性好音乐，为督邮，独卧平阳郿坞中，偶闻洛阳客人吹笛相和，因念离京已逾年，悲从中来，乃作《笛赋》。

⑩ 青芜国：温庭筠《春江花月夜词》诗："花庭忽作青芜国。"芜，杂草。

⑪ 红糁(shēn 身)：此借以比喻腐败的落花。糁，以米和羹。

⑫ 荆桃：樱桃的别称。　菽(shū 叔)：豆子。

⑬ 夜游秉烛：《古诗》："昼短苦夜长，何不秉烛游。为乐当及时，何能待来兹。"

花　犯

梅　花

宋代黄升《唐宋诸贤绝妙词选》云："此只咏梅花,而纡余反复,道尽三年间事。"此词描写细致,情景相生,结构尤为精妙。读者须观其回旋顾盼,舒卷多姿。多少法门,皆可从中悟得。

粉墙低,梅花照眼,依然旧风味。
露痕轻缀。疑净洗铅华①,无限佳丽。
去年胜赏曾孤倚②。冰盘同宴喜③。
更可惜④,雪中高树,香篝熏素被⑤。

今年对花最匆匆,相逢似有恨,依依愁悴。
吟望久,青苔上、旋看飞坠⑥。
相将见⑦、脆丸荐酒⑧,人正在、空江烟浪里。
但梦想、一枝潇洒,黄昏斜照水⑨。

【今译】

在粉白的矮墙边,烂漫开放的梅花映入我的

眼帘。哦，她们还是旧日的那种风味……
花瓣上点缀着露水淡淡的痕迹，仿佛刚刚洗
　　干净了脸上的脂粉，显出美丽无比的本相。
去年我曾独自在花下流连，尽情地欣赏。
　　我把花朵折下来，供在冰清玉洁的盘子里，
　　一起度过许多愉快的时光。
我还常常满怀爱怜的心情，凝望高高的梅
　　树覆盖着白雪，觉得真像香篝上熏着一床
　　素色棉被。

今年，我重对梅花，情形就匆促得多了。相逢
　　之际，她对我似乎又是怨恨又是依恋，竟因
　　忧愁而憔悴了。
我久久地凝望着，默默地倾诉着。于是，我看
　　见她们一朵一朵飘落下来，掉在青苔上……
哦，过不了多久，脆嫩的青梅就会爬满枝头，
　　将要被人采去酿酒了。到那时，我可能正乘
　　着一叶扁舟，徜徉在烟波浩渺的江上。
梦见一株姿态潇洒的梅花斜倚在黄昏里，水面
　　照出她高洁的倩影……

中华聚珍文学丛书——周邦彦词今译

【注释】

① 净洗铅华：王安石《梅》诗："不御铅华知国色。"铅华：指脂粉一类的化妆品。

② 胜赏：快意的游赏。

③ 冰盘：韩愈《李花》诗："冰盘夏荐碧实脆。" 宴喜：安逸愉快。

④ 可惜：怜惜。

⑤ 香篝：即熏笼。内燃香料，用以熏蒸衣物。《汉官仪》应劭注："尚书每入直台中，女侍二人执香炉烧熏以从，使护衣服。"

⑥ 旋：随即，不久。

⑦ 相将：行将，将要。

⑧ 脆丸：指梅子。 荐酒：酿酒。 按："脆丸荐酒"，已是明年春之事。

⑨ 黄昏句：林逋《梅花》诗："疏影横斜水清浅，暗香浮动月黄昏"。

六　丑

蔷薇谢后作

　　黄苏《蓼园词选》说这首词："自叹年老远宦,意境落寞,借花起兴。此下是花、是自己,已比兴无端,指与物化,奇情四溢,不可方物,人巧极而天工生矣!结处意尤缠绵无已,耐人寻绎。"其实此词主要还是咏物,也有感慨,却无非是客里伤春而已。其特色在于:一、笔致缠绵。如百尺游丝,摇漾风前,柔韧到极处,也飘逸到极处。二、状物工妙。如"长条"三句、"残英"五句,均摹写入神,情浓意远。咏物写到这个地步,已臻化境。

正单衣试酒①,怅客里、光阴虚掷。

愿春暂留,春归如过翼。一去无迹。

为问花何在②?夜来风雨,葬楚宫倾国③。

钗钿堕处遗香泽④。乱点桃蹊,轻翻柳陌⑤。

多情为谁追惜⑥?但蜂媒蝶使⑦,时叩窗槅⑧。

东园岑寂⑨。渐蒙笼暗碧⑩。

静绕珍丛底⑪,成叹息。

长条故惹行客⑫。似牵衣待话,别情无极。

残英小、强簪巾帻。

终不似、一朵钗头颤袅,向人敧侧⑬。

漂流处、莫趁潮汐。

恐断红、尚有相思字⑭,何由见得?

【今译】

已经到了穿着单衣品尝新酒的时候,多么令
　　人惆怅啊!这大好时光就在旅途中白白地
　　过去了。

真希望春天再多停留一会,可是春去却像鸟
　　儿飞掠而过,一去之后连痕迹也不留下。

借问满树的蔷薇花都到哪儿去了?哦,昨夜
　　一场无情的风雨,竟把这南国的绝代佳人
　　葬送了!

她们的钗钿到处散落,带着淡淡的馀香,乱
　　纷纷地黏附在桃树下的小径上,或者在柳
　　荫道上轻轻翻舞。

啊,有哪一个多情的人替落花惋惜呢?只有
　　她们的媒人和使者——蜜蜂和蝴蝶不时焦
　　急地飞来,叩击着我的窗格子。

东园里,静悄悄的。草木长得越发繁茂了,
　周围呈现出一派幽暗的浓绿。

我默默地在蔷薇花下徘徊,心中叹息不已。

柔美的长条有意要讨我的欢心。它牵住我的
　衣裳,像是有话要说。那依依不舍的感情
　多么深挚啊!

我拾起一朵小小的残花,勉强插在头巾上。

唉,到底不像盛开的花朵,插在女郎的金钗
　那样摇曳多姿。

落花终归要散失尽,但别随潮汐漂流而去呀,
　说不定有人在上面写了相思的字句,那么,
　　就再也无法看得到了。

【注释】

① 单衣试酒:指春末夏初,天气转热。

② 为问:借问。

③ 楚宫倾国:倾国,容华绝代的美人。李延年歌:"北方有佳人,
绝世而独立。一顾倾人城,再顾倾人国。"此以楚王宫里的美人喻蔷薇
花。　按:蔷薇为落叶灌木,枝茂多刺,高四五尺。叶为羽状复叶。小
叶作椭圆形。花五瓣而大。有红白黄等,颇美艳。又有野蔷薇,生于
原野,与家种略同,唯花较小,有纯白、粉红二色,皆单瓣而香过之。其
花可制香水。蔷薇并非只产于南方,是词人于楚地见之,故云。

④ 钗钿:妇女头上的饰物。此喻掉落的花瓣。

⑤ 桃蹊、柳陌：桃树、柳树下面的路径。

⑥ 为谁：谁为。

⑦ 蜂媒蝶使：因蜂和蝶终日来往花丛中，故有此喻。

⑧ 槅：窗上用木条作成格子。

⑨ 岑寂：寂静。

⑩ 蒙笼：草木繁茂貌。

⑪ 珍丛：珍贵的花丛。

⑫ 长条句：蔷薇枝条有刺，会勾住人的衣服。

⑬ 欹侧：倾斜。按：向人欹侧有悦人、媚人之意。这里作者有以"强簪巾帻"的残英自比之意。

⑭ 断红：残花。范摅《云溪友议》："卢渥舍人应举之岁，偶临御沟，见一红叶，命仆拾来。叶上乃有一绝句。……诗云：'流水何太急？深宫竟日闲。殷勤谢红叶，好去到人间。'"这里是说有人像题红叶那样，把相思字句题在花瓣上。

虞 美 人

　　朱门院落，细雨黄昏，别离在即，相对黯然。情是寻常的情，景也是寻常的景；但经过作者的一番铺排点染，却显得深厚和谐。

　　廉纤小雨池塘遍①。细点看萍面。
　　一双燕子守朱门。比似寻常时候易黄昏。

　　宜城酒泛浮香絮②。细作更阑语。
　　相将羁思乱如云③。又是一窗灯影两愁人。

【今译】

　　如丝的细雨洒遍池塘，在长满浮萍的水面，
　　　　溅起了无数小点点。
　　朱红的门檐下，一双燕子守在窠里不再飞去。
　　　　啊，今天的黄昏来得似乎比往常要早。

　　杯里的宜城酒浮泛着香絮般的白沫，我们喁
　　　　喁细语直到夜深。

在这即将分手的时刻，我们的离愁别恨像乱云一般难以分解。怎么又是这样啊，一窗摇曳的灯影，两个黯然相对的有情人！

【注释】

① 廉纤：细雨貌。

② 宜城酒：即宜城醪。湖北省宜城市，汉时其地出酒，名宜城醪（一作宜成醪）。曹植《酒赋》："宜成醴醪，苍梧缥清。"

③ 相将：相与，相共。

兰 陵 王

柳

这是一首脍炙人口的名作。宋毛开《樵隐笔录》载云："绍兴初（南宋高宗年号），都下盛行周清真咏柳《兰陵王慢》，西楼南瓦皆歌之，谓之'渭城三叠'。以周词凡三换头，至末段，声尤激越，惟教坊老笛师能倚之以节歌者。"可知当日传唱之盛况。此词题为"柳"，其实不是一首咏物词。周济说是"客中送客"（《宋四家词选》），无疑是正确的。作者借送别来表达自己"京华倦客"的抑郁心情，叙事写景，很有层次。无论是感情的起伏变化，还是色彩的浓淡轻重、音节的抑扬顿挫，都经过精心安排，使三者达到了相当完美的结合。这是作者显示其文学、绘画和音乐素养的力作。它集中地代表了北宋慢词所达到的艺术水平。

柳阴直①。烟里丝丝弄碧。

隋堤上②、曾见几番，拂水飘绵送行色。

登临望故国。谁识。京华倦客③。

长亭路④，年去岁来，应折柔条过千尺。

闲寻旧踪迹。又酒趁哀弦，灯照离席。

梨花榆火催寒食⑤。

愁一箭风快，半篙波暖，

回头迢递便数驿⑥。望人在天北。

凄恻。恨堆积。
渐别浦萦回⑦,津堠岑寂⑧。
斜阳冉冉春无极⑨。
念月榭携手,露桥闻笛。
沉思前事,似梦里,泪暗滴。

【今译】

远望一片柳荫,丝丝垂条在烟雾中摇摆着,卖
　　弄着它嫩绿的姿色。
在这古老的隋堤上,我曾经多少回看见柔条
　　拂水,柳花飘绵,送别行色匆匆的旅人。
我登上高处眺望故乡,有谁理解我这个京华
　　倦客的心情呢?
唉,就在那十里长亭的路上,年去年来,我
　　折赠行人的柳条恐怕都要超过一千尺了。

我这次出来,原本闲着无事,旧地重游,不料
　　又被拉到送别的筵席上,灯影中琴声哀怨,

大家默默举起了酒杯。

我忽然想起过几天就是寒食节,梨花都开了,
　　还有榆火······

航船启程了,顺风中它去得箭一般快,竹篙
　　在温暖的绿波中不断撑动。

恐怕他一回头就过了好几个驿站,而我们只
　　能引领北望,知道他大概就在那个方向。

心情凄惨,愁恨堆积。

我沿着曲折迂回的河岸归去,渡口也变得冷
　　冷清清。

眼前只剩下逐渐西沉的夕阳和无边的春色。

哎,月色映照的水榭,我们曾经携手同游;
　　露水沾湿的桥上,我们共赏过悠扬笛韵。

现在回想起这些往事都像梦里一样,我不禁
　　偷偷流下了泪水。

【注释】

　　① 直:宋元时常用语,指视线所及之处。
　　② 隋堤:指汴京附近汴河一带的堤,这道堤坝是隋朝建的,故
称隋堤。

中华聚珍文学丛书——周邦彦词今译

③ 京华倦客：指厌倦了京城客居生活的作者自己。

④ 长亭：古时设在大路旁供行人休息的亭舍,常用作饯别的处所。

⑤ 榆火：寒食节旧俗禁火。唐宋时朝廷于清明日取榆柳的火以赐百官。

⑥ 迢递：远貌。

⑦ 别浦：行人离别的水岸。　萦回：曲折回旋。

⑧ 津堠：码头。

⑨ 冉冉：慢慢移动的样子。

蝶　恋　花

柳

　　这首词也以"柳"为题。与上一首不同的是，它集中于咏物。柳树的精神姿态，都刻画得比较生动有致。

　　蠢蠢黄金初脱后①。

　　暖日飞绵，取次黏窗牖②。

　　不见长条低拂酒。赠行应已输先手③。

　　莺掷金梭飞不透。

　　小榭危楼，处处添奇秀。

　　何日隋堤萦马首④？路长人远空思旧。

【今译】

　　春日里萌发的嫩枝，刚刚脱下了金黄色的外衣。

　　在晴暖的日子里，柳絮飘啊飘啊，漫无目的
　　　地黏附在窗牖上。

　　往日低垂的柳条总是长得拂着酒杯，如今却

看不见了。

哦，一定是被先我而来的人折去奉赠行客了。

柳丝是如此稠密，以至黄莺像金梭一般扎进
    去，也难以把它穿透。

那小巧玲珑的亭榭，那高高耸立的楼房，处
    处都因柳色增添了姿采。

在这隋堤上，哪一天朋友们才会把柳枝绾在
    马头上，送我归去呢？唉，道路如此漫长，
    亲人如此遥远，我只能徒然怀念着旧日的
    一切！

【注释】

　① 蠢蠢：春天万物萌动的样子。《白虎通义·五行》："春之为
言蠢蠢动也。位在东方，其色青。"《风俗通·祀典篇》："春者，蠢
也，蠢蠢摇动。"

　② 取次：随意。

　③ 输先手：来迟了一步，柳枝已被折去。故云输先手。

　④ 隋堤：见《兰陵王》（柳阴直）注。

西 河

金 陵 怀 古

这首词是隐括刘禹锡的两首诗而成。其一,《石头城》:"山围故国周遭在,潮打空城寂寞回。淮水东边旧时月,夜深还过女墙来。"其二,《乌衣巷》:"朱雀桥边野草花,乌衣巷口夕阳斜。旧时王谢堂前燕,飞入寻常百姓家。"梁令娴《艺蘅馆词选》云:"张玉田(炎)谓'清真最长处,在善融化诗句,如自己出'。读此词,可见此中三昧。"

佳丽地①。南朝盛事谁记②?

山围故国绕清江③,髻鬟对起④。

怒涛寂寞打孤城,风樯遥度天际。

断崖树,犹倒倚。莫愁艇子曾系⑤。

空馀旧迹郁苍苍,雾沉半垒⑥。

夜深月过女墙来⑦,伤心东望淮水⑧。

酒旗戏鼓甚处市? 想依稀、王谢邻里⑨。

燕子不知何世⑩。向寻常、巷陌人家相对。

如说兴亡斜阳里。

中华聚珍文学丛书——周邦彦词今译

【今译】

这是有名的"江南佳丽地"，可是六朝盛极
　　一时的情景,而今谁还能记忆呢?

莽莽群山环抱着这昔日的京都,沿江两岸,
　　髻鬟般的山峰相对耸立。

长江的怒涛终日扑打着孤零零的古城,发出
　　寂寞的声响。几艘张着风帆的船正向遥远
　　的天边驶去。

陡峭的山崖下,一棵老树仍然倒倚着。也许
　　美丽的莫愁姑娘曾在这儿系过小艇吧!

啊,一切都只剩下陈迹了。青苍色的浓雾聚
　　结着,只露出半截城垒。

夜半时分,月亮从女墙上升起,照亮了依旧
　　繁华的秦淮河,这情景令人倍添伤感。

那酒旗招展、戏鼓喧阗的热闹处所是什么街
　　市? 莫非是东晋时王、谢家族的府第所在?

檐前的燕子不知道如今是什么时世,哪怕这

里已变成寻常百姓之家，它们也照旧双双
飞来筑巢。

啊，夕阳里的这一道风景，正无言地诉说着
人间的盛衰兴亡！

【注释】

① 佳丽地：指金陵（今江苏南京市）。谢朓《入朝曲》："江南佳
丽地，金陵帝王州。"

② 南朝：又称六朝，指偏安南方的吴、东晋、宋、齐、梁、陈等朝
代，均以南京为都城。从公元三世纪到六世纪（不包括公元 280 年
吴亡后到 317 年东晋建立之前的期间），前后共三百余年。

③ 故国：故都。此指金陵。

④ 髻鬟：形容山的形状像女子的发髻。

⑤ 莫愁：古女子名。《旧唐书·音乐志二》："《莫愁乐》出
于《石城乐》。石城有女子名莫愁，善歌谣。《石城乐》和中复有
'莫愁'声，故歌云：'莫愁在何处？莫愁石城西。艇子打两桨，
催送莫愁来。'"按：石城其实在竟陵。今湖北之钟祥市，县
西有莫愁村。（见《清一统志》）此词咏金陵而及莫愁，而今南京
水西门外亦有莫愁湖，均是误以石城为石头城（金陵别称）。
又：另有洛阳莫愁。梁武帝《河中之水歌》："河中之水向东流，
洛阳女儿名莫愁。"

⑥ 垒：《大清一统志·江苏江宁府》："韩擒虎垒在上元县西四
里。""贺若弼垒在上元县北二十里。"上元县，今属江苏南京市。

⑦ 女墙：城上的小墙。

⑧ 淮水：此指秦淮河，横贯南京城中。南朝时即为都人士女
游宴之所。

中华聚珍文学丛书——周邦彦词今译

⑨ 王谢：指东晋时王姓和谢姓两个豪门望族。他们的宅第都在乌衣巷一带(今南京市东南)。 邻里：比邻而居,故称邻里。

⑩ 不知何世：不知是什么时代。暗指社会已经历了重大变化。

菩 萨 蛮

梅　雪

　　江楼日暮,词中的这位女子在望眼欲穿地等待着她的爱人归来。然而,一场密雪打破了她的希望。于是,她只好转而安慰自己说:虽然他回不来了,可是他会想念着我的。这种退一步的写法,实际上却把感情推进到更深挚的程度。陈廷焯《白雨斋词话》评末二句云:"哀怨之深,亦忠爱之至。"

　　银河宛转三千曲[①]。浴凫飞鹭澄波绿。
　　何处是归舟。夕阳江上楼。

　　天憎梅浪发[②]。故下封枝雪[③]。
　　深院卷帘看。应怜江上寒。

【今译】

　　蜿蜒的长河迤逦而来,当中要经历多少曲折
　　　　啊!澄澈的绿波上,野鸭在戏水,白鹭在
　　　　飞翔。
　　他乘坐的归舟在哪儿呢?我在江楼上久久地

眺望着,太阳都要下山了。

是老天爷讨厌梅花开得太滥吧,特意下一场
　急雪来封住它的枝丫。
哎,当他在深深的庭院里卷帘眺望时,想必
　挂念着我在江楼上等待他,是这样的凄清、
　寒冷……

【注释】

① 银河:此借指人间的江河。　三千:极言其多。
② 浪发:滥开。
③ 故:特地,特意。

拜 星 月

秋　思

　　这首词,是作者怀念昔日结识的一位歌伎而作。周济《宋四家词选》评云:"全是追思,却纯用实写。但读前阕,几疑是赋也。换头再加倍跌宕之,他人万万无此笔力。"

　　夜色催更,清尘收露①,小曲幽坊月暗②。
　　竹槛灯窗,识秋娘庭院③。
　　笑相遇,似觉琼枝玉树④,暖日明霞光烂。
　　水眄兰情⑤,总平生稀见。

　　画图中、旧识春风面⑥。
　　谁知道、自到瑶台畔⑦。
　　眷恋雨润云温⑧,苦惊风吹散。
　　念荒寒、寄宿无人馆。
　　重门闭、败壁秋虫叹。
　　怎奈向⑨、一缕相思,隔溪山不断。

【今译】

　　更鼓催促着夜色的降临,露水沾住了路上的

尘土。朦胧的月色中，显现出小小的幽静
　　的坊曲。
翠竹掩映的栏杆，华灯映照的窗户，这熟悉
　　的院落，就是她的家。
她含笑出来同我相见，像一棵亭亭玉立的小
　　树，受到暖日明霞的映照，显得容光焕发。
啊，水灵灵的眸子，兰花般的性情，这种女
　　子是我平生很少遇见的。

记得从前，我曾经在图画上见过她的模样。
谁知道，自从我上她家去探访之后，
便一见倾心，无限眷恋起来。只恨一阵狂风，
　　把我们生生地吹散了。
每当我想到，她如今寄宿在荒凉凄冷、孤寂
　　无人的馆舍里，
门户重重紧闭，伴随她的，只有败壁下秋虫
　　的声声叹息……
哎，哪怕溪山遥远，又怎能阻隔得断我强烈
　　的相思？

① "夜色"二句：为倒装句式，意为"更催夜色，露收清尘"。

② 小曲幽坊：唐制，妓女所居曰"坊曲"。《北里志》有南曲、北曲之称。

③ 秋娘：唐代的名倡。此借以点出该女子的身份。

④ 琼枝玉树：喻美好的姿容体态。《古离别》："愿一见颜色，不异琼树枝。"《世说新语·容止》："魏明帝使后弟毛曾与夏侯玄共坐，时人谓兼葭(芦苇)倚玉树。"

⑤ 眄：眼波。韩琮《春愁》诗："吴鱼岭雁无消息，水眄兰情别来久。"

⑥ 春风面：喻女子美丽的面容。杜甫《咏怀古迹》诗："画图省识春风面。"

⑦ 瑶台：仙人所居，此借指该女子的住所。

⑧ 雨润云温：指男女相爱悦。宋玉《高唐赋》："昔者先王尝游高唐，怠而昼寝，梦见一妇人曰：'妾巫山之女也，为高唐之客，闻君游高唐，愿荐枕席。'王因幸之。去而辞曰：'妾在巫山之阳，高丘之阻。旦为朝云，暮为行雨，朝朝暮暮，阳台之下。'旦朝视之如言，故为立庙，号曰朝云。"

⑨ 怎奈向：怎奈，争奈。向，语助词。

尉 迟 杯

离 恨

词人当了十五年的京官之后,于徽宗政和元年(1111)出知隆德府(今山西长治市),这首词可能作于赴任途中,不难看出,当时情绪是颇为消沉颓唐的。而将一路景色与情绪细细描摹,正体现词这一文体的特长,亦显示作者深厚的功力。正如陈廷焯《词则》所言:"窈曲幽深,挚情隽上。"

隋堤路①。渐日晚、密霭生深树。

阴阴淡月笼沙,还宿河桥深处②。

无情画舸③,都不管、烟波隔南浦④。

等行人、醉拥重衾⑤,载将离恨归去。

因念旧客京华,长偎傍、疏林小槛欢聚。

冶叶倡条俱相识⑥,仍惯见、珠歌翠舞⑦。

如今向、渔村水驿,夜如岁、焚香独自语。

有何人、念我无聊,梦魂凝想鸳侣。

【今译】

走在隋堤路上,天渐渐黑下来,茂密的树丛

弥漫起浓重的暮霭。
淡淡的月色笼罩沙岸,我回到河桥下的歇宿。
无情的航船,全不在乎南浦外的浩渺烟波,
等我带着醉意在被窝里躺下,它就载着沉重
的离愁启航了。

我于是回忆起,过去这一段作客京华的日子。
常常和朋友们一起在疏朗的树林边,在小
巧的雕栏旁欢聚饮宴。
同那些艳丽的叶子、风流的枝条儿都厮混得
很熟稔,而且看惯了珠光宝气的歌舞表演。
可是,目前我的航船却正向着荒凉的渔村水
驿驶去,在漫长难熬的夜里,我只能焚起
一炷香,自言自语。
啊,此时此地,有谁会记挂着我的枯寂无聊?
我只能寄希望于梦中,能与我亲爱的心上
人依偎在一起。

【注释】

① 隋堤:见《兰陵王》(柳阴直)注。

②　河桥：在隋堤上，为送别之所。

③　画舸：描画着花饰的船。

④　南浦：面南的水滨，泛指送别的地方。如：《楚辞·九歌·河伯》："送美人兮南浦。"江淹《别赋》："送君南浦，伤如之何。"

⑤　重衾：夹被。

⑥　冶叶倡条：李商隐《燕台》诗："冶叶倡条遍相识。"暗指歌女。

⑦　珠歌翠舞：《杨妃外传》："明皇令宫妓佩七宝璎珞舞《霓裳羽衣曲》。曲终，珠翠可扫。"

绕 佛 阁

旅 情

　　政和五年（1115），词人被任命为秘书监，进徽猷阁待制，提举大晟府。这首词可能是从明州任上赴京途中所作。词人的心境看来较为平静，微带郁郁寡欢。这一年他已经六十一岁了，技巧的娴熟和情绪的内敛，在这首作品中有典型的体现。

暗尘四敛①。楼观迥出②，高映孤馆。
清漏将短③。厌闻夜久，签声动书幔④。
桂华又满⑤。闲步露草，偏爱幽远。
花气清婉。望中迤逦，城阴度河岸⑥。

倦客最萧索，醉倚斜桥穿柳线。
还似汴堤，虹梁横水面⑦。
看浪飐春灯⑧，舟下如箭。
此行重见。叹故友难逢，羁思空乱⑨。
两眉愁、向谁舒展⑩。

【今译】

　　四面的车尘都已平息下来，远处耸立的楼台

灯火，映照着这间孤寂的旅舍。

夜渐深，我翻书消闷，漏箭的响声传入书帷，我都听厌了。

又到了十五月圆时候，我走出室外，在沾满露水的草地上漫步，只挑偏僻幽静的方向行去。

清婉的花香四处浮荡。抬头望去，城墙投下的阴影延伸着，一直抵达河岸上。

我这个疲倦的旅人是多么冷清孤独！带着几分酒意，倚靠着斜跨于柳丝之间的桥栏。

这多像在汴京隋堤送别友人时，站在横跨水面的虹桥上，

目送着灯火在波浪里颠簸，船儿箭一般地向下游驶去。

我这次回去，又将重见汴京的景物，可叹老朋友却难以相逢了。我徒然觉得此刻这旅途中的心情乱纷纷的。

啊，这堆积在两眉间的愁恨，叫我到哪儿去消解呢！

【注释】

① 暗尘：指大路上车马扬起的尘土。苏味道《正月十五夜》诗："暗尘随马去。"

② 迥出：高出。

③ 清漏：见《浪淘沙》（晓阴重）注。

④ 签：更漏壶中的木签，上刻时辰，又称漏箭。梁元帝《秋兴赋》："听夜签之响殿，闻悬鱼之扣扉。"

⑤ 桂华：指月。见《解语花》（风销绛蜡）注。

⑥ 迤逦：曲折连绵。　城阴：何逊佚诗："城阴度堑墨。"

⑦ 虹梁：即虹桥，在汴京城外东郊汴河上。

⑧ 飐：物因风吹而颤动。元稹《送友封二首》诗："南风吹浪飐樯乌。"

⑨ 羁思：旅思。

⑩ 向谁：向何处。

蝶 恋 花

秋 思

萧索的清秋之晨,爱人即将远离,词人写了这首短歌送她。黄苏《蓼园词选》云:"首一阕言未行前,闻乌惊漏残、辘轳声响而警醒泪落。次阕言别时情况凄楚,玉人远而惟鸡相应,更觉凄惋矣。"

月皎惊乌栖不定。
更漏将残①,轆辘牵金井②。
唤起两眸清炯炯③。泪花落枕红绵冷④。

执手霜风吹鬓影。
去意徊徨⑤,别语愁难听。
楼上阑干横斗柄⑥。露寒人远鸡相应。

【今译】

皎洁的月色惊扰着树上的乌鹊,使它们老是
　　睡不安稳。
残夜将尽,井台上传来了轆辘汲水的声音。
听见呼唤起床,她睁大了湿润而明亮的眼睛。

不断涌出的泪水,滴落在那红色的丝绵枕
上,冰凉一片……

她紧紧地捉住我的手,凄冷的秋风吹拂着她
　　的鬓发。

她六神无主地净说些保重的话。唉,我早已
　　心烦意乱,如今就更难堪。

我登上楼头目送她,发觉北斗星已经横斜了,
　　清晨的露水特别寒冷。她越去越远,最后,
　　只剩下此啼彼应的鸡鸣……

【注释】

① 漏:古代的一种计时工具,又名漏壶、铜壶滴漏。

② 辘轳:一种绞轮式的汲水工具。　牵金井:指绳子在井中
上下提水。

③ 炯炯:明亮貌。

④ "唤起"二句:明王世贞《弇州山人词评》曰:美成能作景
语,不能作情语;能入丽字,不能入雅字。以故价微劣于柳(永)。
然至"枕痕一线红生玉";又"唤起两眸清炯炯,泪花落枕红绵冷",
其形容睡起之妙,真能动人。

⑤ 徊徨:心中彷徨无主。

⑥ 阑干:横斜貌。白居易《长恨歌》:"玉容寂寞泪阑干。"　斗
柄:指北斗七星中五至七三颗星,形似斗柄。

月 中 行

怨 恨

此词写一怨妇自伤怀抱。下阕尤为凄切悱恻。

蜀丝趁日染干红①。微暖面脂融。
博山细篆霭房栊②。静看打窗虫。

愁多胆怯疑虚幕,声不断、暮景疏钟。
团团四壁小屏风。啼尽梦魂中。

【今译】

晴和的阳光下,她那身蜀绸缝制的衣裳,被
　　染上一层深红的颜色。而脸上的脂粉,也
　　因天气变暖而微微融化了。
博山炉中,篆香青色的烟霭在房中浮荡,
　　她看着在窗棂上扑腾的虫子,默默地发起
　　呆来。

愁苦过度，使她变得十分敏感。哪怕是风吹帘幕，她也会无端害怕起来。何况正是黄昏日暮，钟声不断，更增添了凄惶的气氛。

在团团围绕的四面小屏风当中，她终于睡去，在梦中哭得那样悲切，那样长久！

【注释】

① 干红：深红色。孟元老《东京梦华录》卷三："腰系干红绒线绦。"

② 博山：古代的一种香炉名，制形模仿海中博山，下置汤盘，使润气蒸香。　篆：指盘成篆字形的香。　房栊：屋子里的木隔扇。

点 绛 唇

伤 感

词人千里迢迢，回到故乡。旧日相爱的女子已经出嫁了。他无限伤感，唯有请她的妹妹转达自己的心情。

辽鹤归来[①]，故乡多少伤心地。

寸书不寄。鱼浪空千里[②]。

凭仗桃根[③]，说与凄凉意。

愁无际。旧时衣袂。犹有东门泪[④]。

【今译】

我像那辽东鹤，离开多年之后，终于又归来
　　了。这熟悉而又生疏的故乡，有多少能勾
　　起我伤感落泪的地方。
都说鱼能传书，可是江波空自千里长流，这
　　些年我们竟未通过一封信。

如今物是人非，我只能通过她的妹妹代我转
　　达凄凉的心情。
不知道这哀愁何处才是尽头？我只记得旧日
　　的衣袖上，还留着她在东门送我离去时滴
　　落的泪水。

【注释】

①　辽鹤：《搜神后记》载，丁令威本辽东人，学道于灵虚山。后
化鹤归辽，集城门华表柱。歌曰："有鸟有鸟丁令威，去家千年今始
归。城郭如故人民非，何不学仙冢累累。"

②　鱼浪：刘向《列仙传》载，陵阳子明钓得白鱼，腹中有书。

③　凭仗：烦，请。　桃根：晋朝王献之有爱妾名桃叶，其妹名
桃根。献之作《桃叶歌》曰："桃叶复桃叶，桃叶连桃根。……"

④　东门：见《浪淘沙》（晓阴重）注。

　　附：

　　王灼《碧鸡漫志》载："周美成初在姑苏，与营妓岳七楚云者游
甚久。后归自京师，首访之，则已从人矣。明日饮于太守蔡峦子高
坐中，见其妹，作《点绛唇》曲寄之。"即此阕也。然王国维氏于考证
之后，疑其为附会。详见《清真先生遗事》。

中华聚珍文学丛书—周邦彦词今译

意 难 忘

美 咏

此词结构,纯用一"瞒"字法。初始读来,必以为作者偎翠依红,多少得意;及至终篇,方悟已是临歧在即,隐痛难言。上文无限旖旎风光,遂一变而为深悲矣!

衣染莺黄①。
爱停歌驻拍②,劝酒持觞。
低鬟蝉影动③,私语口脂香。
檐露滴,竹风凉。拚剧饮淋浪④。
夜渐深、笼灯就月,子细端相。

知音见说无双。
解移宫换羽⑤,未怕周郎⑥。
长颦知有恨⑦,贪耍不成妆。
些个事⑧,恼人肠。试说与何妨?
又恐伊、寻消问息,瘦减容光。

【今译】

今天晚上,她穿了一袭莺黄色的舞衣,

常常中途停止歌舞，拿起杯儿向我劝酒。

当她把头俯向我时，蝉翼样的鬓发就微微
　　颤动，她在我耳边悄声细语，空气中也
　　飘荡着唇脂的香味。

露水从檐前滴下，清风摇动翠竹，使人微
　　感凉意。我拼命地喝酒，打算痛痛快快
　　大醉一场。

夜渐深，我和她提着灯笼一起回去。当走在
　　月光下面时，我仔细地把她的模样儿看了
　　又看。

我早就听说她妙解音律，技巧无双。

就是在行家面前，也敢于演奏。

可是，这会儿她却长久地皱着眉儿心中不快，
　　忽然又顽皮地和我戏耍，连刚刚化好的晚
　　妆都弄得乱七八糟。

唉，那件事老是让我牵肠挂肚，何妨对她说
　　了吧？

又怕她从此便天天打听消息，把娇美的脸儿
　　都愁瘦了。

【注释】

① 莺黄：温庭筠《舞衣》诗："偷得莺黄锁金缕。"

② 驻拍：指停止舞步的节拍。

③ 低鬟句：元稹《会真诗三十韵》："低鬟蝉影动。"即此句之本。

④ 淋浪：淋漓。

⑤ 宫、羽：古代音乐中的两种调。

⑥ 周郎：指三国时周瑜。《三国志·吴书·周瑜传》载："周瑜少精意于音乐。虽三爵之后，其有阙误，知之必顾。故时人语曰：'曲有误，周郎顾。'"此借指音乐行家。

⑦ 颦：皱着眉头。

⑧ 些个事：指离别之事。

玉　楼　春

上阕写初见未识,下阕写离别送行,留下中间大段空白故意不写,让读者自行想象补充。非深谙艺术欣赏之道理者,不能如此下笔。

大堤花艳惊郎目①。秀色秾华看不足。
休将宝瑟写幽怀②,座上有人能顾曲③。

平波落照涵赪玉④。画舸亭亭浮澹渌。
临分何以祝深情?只有别愁三万斛⑤。

【今译】

大堤上花朵一般的姑娘使少年郎君眼花缭乱。
　美丽的容颜、动人的风韵,他总觉瞧不够。
哎,可别借宝瑟来倾诉你的情愫,座上的客
　人,有很懂得音律的行家哩!

……平缓的江波沐浴着夕阳的馀晖,像一块
　红色的美玉。漆着彩色图案的航船,轻盈

中华聚珍文学丛书——周邦彦词今译

地浮泊在平缓清澈的水面上。

这一对恋人就要分别，他们将用什么来表达深挚的爱情呢？恐怕只有三万斛离愁别恨！

【注释】

① 大堤句：梁武帝《里阳歌》："大堤诸女儿，花艳惊郎目。"

② 幽怀：内心的隐秘。

③ 顾曲：见《意难忘》(衣染莺黄)注。

④ 涵：沉浸。　赪(chēng 称)：赤色。

⑤ 斛(hú 狐)：容量单位，又是量器。古代以十斗为一斛，南宋末年改为五斗。

玉 楼 春

　　此词八句,全用对偶,而读者不病其板滞,以其能于整齐划一之中暗藏变化也。上阕二联用流水对,形式虽为对偶,意思却是递进。下阕二联虽系用常见式样,却是一景一情,以景带情,景因情而厚,情以景而深。所以町畦尽化,痕迹俱无。

中华聚珍文学丛书——周邦彦词今译

　　桃溪不作从容住①。秋藕绝来无续处。
　　当时相候赤栏桥②,今日独寻黄叶路。

　　烟中列岫青无数。雁背夕阳红欲暮③。
　　人如风后入江云,情似雨馀黏地絮④。

【今译】

　　只为当初在桃溪仙境不肯安心地住下去,结
　　　果我与她就像一支折断了的秋藕,再也连
　　　接不到一起了。
　　还记得我第一次同她约会,是在赤栏桥畔。
　　　可是如今这铺满落叶的路上,只剩下我
　　　独个儿寻觅徘徊。

无数青色的山峦在烟雾中排列着,夕阳血红的余晖在大雁背上弄影,天快要暗下来了。

像被一阵风吹落江面的云彩,她如今在什么地方呢?而我的思念却像雨水打湿的飞絮,横七竖八地黏在地上,不可收拾。

【注释】

① 桃溪:晋末刘晨、阮肇入天台采药,迷路不能出山,在溪边遇到两个仙女,遂相留同居。半年后回家,发现已经过了七代。后又入山,不知所终。事见《幽明录》。此借指与该女子燕居之所。

② 赤栏桥:栏杆漆成红色的桥。

③ 雁背夕阳:温庭筠《春日野行》诗:"蝶翎胡粉重,鸦背夕阳多。"

④ "人如"二句:陈廷焯《白雨斋词话》曰:美成词有似拙实工者,如《玉楼春》结句云:"人如风后入江云,情似雨馀黏地絮。"上言人不能留,下言情不能已,呆作两譬,别饶姿态,却不病其板,不病其纤,此中消息难言。

夜 飞 鹊

别 情

　　别情，是一个既熟且滥的题目，古往今来不知被多少人写过。词人在这里抓住行人去后，重经钱别之处，发现已经连痕迹都找不到这样一个特定情节，深入刻画送别者的惆怅茫然心理，翻出了新意。

中华聚珍文学丛书——周邦彦词今译

　　河桥送人处①，凉夜何其②。

　　斜月远堕馀辉。

　　铜盘烛泪已流尽，霏霏凉露沾衣。

　　相将散离会③，探风前津鼓④，树杪参旗⑤。

　　花骢会意⑥，纵扬鞭、亦自行迟。

　　迢递路回清野⑦，人语渐无闻，空带愁归。

　　何意重红满地，

　　遗钿不见⑧，斜径都迷。

　　兔葵燕麦，向残阳、欲与人齐⑨。

　　但徘徊班草，唏嘘酹酒⑩，极望天西。

【今译】

河桥上送别行人的地方,这夜晚的气息是何
　　等清凉!
残月淡淡的馀辉正向远处的天边坠落,
铜盘上的蜡烛已经燃尽,细密的露水沾上了
　　衣衫。
接下来,离别的宴席就散了。渡口报晓的鼓
　　声随风传来,参旗星也落到了树梢。
花骢马仿佛懂得我们的心情,纵使一再加鞭,
　　它仍然慢腾腾地走着。

遥远的道路在清爽的旷野上拐了个弯,渐渐
　　地旅人们的交谈声都听不见了,我也只能
　　闷闷不乐地转身回去。
没想到早上饯别的地方,已经被重叠的落花
　　所铺满。
别说无法寻觅她可能遗下的饰物,就是连小
　　径都变得迷离难辨了。
还有兔葵、燕麦一类的野草,在斜阳里摇摆,

长得几乎与人一般高。

　　结果，我只能在她曾经坐过的草垛旁徘徊流
连，伤心地把残酒浇在地上，穷尽目力，向
着她远去的西方久久眺望。

【注释】

① 河桥：指汴京隋堤上的河桥，为送别之所。

② 夜何其：夜如何。　其，语助词。

③ 相将：相随。李贺《官街鼓》诗："漏声相将无断绝。"

④ 津鼓：李端《古别离》诗："月落闻津鼓。"

⑤ 参旗：参宿旁有数星，曰参旗。

⑥ 花骢：骏马名。杜甫《骢马行》诗："初得花骢大宛种。"

⑦ 迢递：遥远。

⑧ 钿：妇女头上的饰物。

⑨ "兔葵"二句：梁令娴《艺蘅馆词选》引梁启超评曰："兔葵燕
麦"二语，与柳屯田之"晓风残月"，可称别中双绝，皆镕情入景
也。　兔葵：草名。生于沼泽和田野，花白似梅，其茎紫黑，可作野
蔬。　燕麦：谷类植物，俗称野麦。北方多种之。

⑩ "班草"二句：周济《宋四家词选》曰："班草"是散会处，"酹
酒"是送人处。二处皆前地也，双起，故须双结。　班草：布草
而坐。

⑪ 酹：以酒浇地。

虞 美 人

此词写山居晨起的景色和心情，优美清新，情景交融。

疏篱曲径田家小。云树开清晓。
天寒山色有无中。野外一声钟起送孤篷^①。

添衣策马寻亭堠^②。愁抱惟宜酒。
菰蒲睡鸭占陂塘^③。纵被行人惊散又成双^④。

【今译】

疏篱曲径，我寄宿的农舍是多么小啊！清晨
　　来到，云雾缭绕的树林变得越来越清楚了。
若有若无的远山在寒冷的空气中瑟缩着，报晓
　　的钟声从野外传来，一只航船驶离河岸，孤
　　独地向远处行去。

我添加了衣服，驱马疾行，去寻找附近的古亭
　　堠。要排遣满怀的愁闷，只有酒最合适。

长满菰蒲的池塘里，一双野鸭睡得正香。我走
过时，它们惊飞起来，可是才一会儿又聚拢
在一起了。

【注释】

① 篷：指船。

② 亭堠：又作"亭候"。古代用以侦察、瞭望，以防敌盗来侵的亭子。《后汉书·光武帝纪》："筑亭候，修烽燧。"

③ 菰：植物名。新芽叫茭白，果实叫菰米，也叫雕胡米，可以煮饭。　蒲：水生植物名，可以制席。嫩蒲可吃，又名"香蒲"。陂塘：池塘。

④ 纵被句：野鸭惊散后又成双，暗伏人散后却不复成双之感慨。

中华聚珍文学丛书——周邦彦词今译

虞 美 人

上阕写别时，一句一折，写出多少顾盼低回。下阕写别后，分明相思难眠，却怪风灯扰梦。笔路尤见委婉。

玉觞才掩朱弦悄①。弹指壶天晓②。
回头犹认倚墙花。只向小桥南畔便天涯。

银蟾依旧当窗满③。顾影魂先断④。
凄风休飐半残灯⑤。拟倩今宵归梦到云屏⑥。

【今译】

酒杯刚刚放下，红色的琴弦便不再发出声响。
　　好像才一忽儿，天就蒙蒙的亮了。
回头最后看上一眼，那丛倚在墙边的鲜花还
　　依稀可辨。只是一过了小桥南边，我们便
　　海角天涯，从此无法再相见。

如今，窗前的月亮又圆了。瞧着自己孤零零

的影子，我的心情是那样哀伤。

　　凄冷的风啊，你别摇晃半灭的残灯吧，今天
　　　晚上要托付梦魂，把我带回到她那扇云母
　　　屏风中去呢！

【注释】

　　① 玉觞：玉制酒杯。　掩：停止。班昭《女诫》："室人和则
谤掩。"

　　② 弹指：比喻很短的时间。　壶天：壶中天，此泛指天。按：
壶天系道家语。《云笈七签》："施存学大丹之道，……后遇张申为
云台治官，常悬一壶如五升器大，变化为天地，中有日月，如世间。
夜宿其内，自号壶天。"

　　③ 银蟾：月亮的别称。

　　④ 魂先断：犹言先销魂，形容哀伤。

　　⑤ 飐：物因风吹而颤动。

　　⑥ 倩：请，托。　云屏：云母屏风。或指描绘着云气的屏风。
此指女子闺中的陈设。

中华聚珍文学丛书——周邦彦词今译

蝶 恋 花

古典诗词有"游仙"一体，这首词即属此类，写人神相恋之幻想境界。但也可能是借以暗喻作者所历的人间情事。如陈廷焯就曾指出："语带仙气，似赠女冠（女道士）之作，否则故为隐语。"（《白雨斋词话》）

鱼尾霞生明远树①。翠壁黏天，玉叶迎风举②。
一笑相逢蓬海路③。人间风月如尘土④。

剪水双眸云鬓吐。醉倒天瓢⑤，笑语生青雾。
此会未阑须记取。桃花几度吹红雨⑥。

【今译】

鱼尾状的晚霞照亮远处的树木。苍翠的崖壁
　　参天耸立，她戴着玉叶冠，正在迎风升腾。
　　在这通往蓬莱仙境的路上，我们一笑相逢。
　　人世间的情爱，此刻都像尘土一般毫不足
　　道了。

水灵灵的眸子,乌云般的鬟发。我们谈笑着,
　　醉倒在北斗星旁,不知不觉,青色的暮霭
　　就降临了。
这一次相会还未到完结的时候。你该不会忘
　　记——我们离别了多久,连桃花都开落了
　　好几回啦!

【注释】

①　鱼尾:指霞。惠洪《效李白湘中体》诗:"夕光江摇鱼尾红,
何处扁舟开晚篷。"

②　玉叶:指玉叶冠。李群玉《玉真观》诗:"高情帝女慕乘鸾,
绀发初簪玉叶冠。"自注:"玉真公主玉叶冠,时人莫计其价。"　按:
据此,词中女子可能为一女道士。

③　蓬海:《汉书·郊祀志》:"自威宣、燕昭使人入海求蓬莱、方
丈、瀛洲,此三神山者,相传在渤海中。"后用来泛指想象中的仙
境。　按:道士自视为出世修行之人,与世间凡人有别。故此句
亦可视为与女道士之情爱。

④　风月:男女情爱。

⑤　天瓢:指北斗七星。其状如瓢,故名。

⑥　"此会"二句:意思是要对方珍惜此段时光,不要轻易言
别。　红雨:落花。

蝶 恋 花

本词立意，只是"不见旧人空旧处"一句耳。上阕写花，下阕写蝶，亦是寻常景物，寻常言语。然而作者写出了一种境界，一种情调，故此同样动人。

叶底寻花春欲暮。折遍柔枝，满手真珠露。
不见旧人空旧处。对花惹起愁无数。

却倚阑干吹柳絮①。粉蝶多情，飞上钗头住。
若遣郎身如蝶羽。芳时争肯抛人去②！

【今译】

绿叶丛中，她在寻觅残馀的花朵，已经是暮
　　春时节了啊！她连着枝条儿一朵一朵地折
　　下来，手上沾满珍珠般的露水。
地方还是这个老地方，可是当日的心上人却
　　不在了。她默默地看着手里的花朵，心中
　　涌起了千愁万绪。

她无聊地靠在栏杆上，当柳絮飘到面前，就
用嘴去吹着玩。不知从哪里飞来一只多情
的粉蝶，偏偏停在她的钗头上。

唉，若是那薄情郎有几分像这蝴蝶，又怎肯
在大好春光中抛人而去啊！

【注释】

①"却倚"句：李商隐《访人不遇留别馆》诗："闲倚绣帘吹柳
絮，日高深院断无人。"

②芳时：花开时节，指春天。　　争肯：怎肯。

蝶 恋 花

　　心上人远离，词中的这位女郎借酒消愁，无心打扮。在风前水畔徙倚低回，发出痛苦的呼唤。这首词以一系列白描手法，写出了她的种种复杂微妙的心理。

　　酒熟微红生眼尾①。半额龙香②，冉冉飘衣袂。
云压宝钗撩不起③。黄金心字双垂耳。

　　愁入眉痕添秀美。无限柔情，分付西流水。
忽被惊风吹别泪④。只应天也知人意。

【今译】

　　她喝了不少酒，眼角上显现出淡淡的红晕。
　　　　由于无心妆饰，额上的龙涎香才涂了一半，
　　　　就衣袖飘飘地走出来。
　　她头上的宝钗被发髻压歪了，一双心形的金
　　　　坠子在耳朵旁晃荡着。

　　她的眉间凝聚着愁影，显得更加秀美了。她

对着西去的流水默默祝祷，请它把无限柔
情给远方的情人捎去。

蓦地一阵风吹来，脸上凉沁沁的是别离的泪
水。老天，你也该体谅一下我的心情啊！

【注释】

① 酒熟：此指酒醅。

② 龙香：指龙涎香，一种名贵的香料。《香谱》卷一："龙涎出
大食国。其龙多蟠伏于洋中之大石，卧而吐涎。……然老涎本无
香，其气近于臊，……能发众香，故多用之以和香焉。"

③ 云：指云鬟。女子的发髻。

④ 惊风：突如其来的风。

中华聚珍文学丛书——周邦彦词今译

木 兰 花 令

歌筵上，一位女郎的歌声和风度深深打动了词人，直到她离去之后仍然感到心驰神往，无法忘怀。

歌时宛转饶风措①。莺语清圆啼玉树。
断肠归去月三更，薄酒醒来愁万绪。

孤灯翳翳昏如雾②。枕上依稀闻笑语。
恶嫌春梦不分明，忘了与伊相见处③。

【今译】

演唱的时候，她歌喉宛转仪态万方。清脆圆
　　润的嗓子仿佛是绿树丛中黄莺在啼鸣。
三更筵散，她踏着月色回去，我感到无限惆
　　怅。当我从薄醉中醒来，愁闷的心情就更
　　是千头万绪，无从分解。

孤零零的残灯，变得像雾中一般昏暗。靠在枕上,耳畔好像还隐约地听见她的笑语。

最讨厌春天的梦总是模模糊糊的,我怎么也想不起是在哪儿同她相见的呢!

【注释】

① 饶:富于。　风措:美好的风度举止。
② 翳翳:不明貌。
③ 伊:她。

长 相 思

闺 怨

周邦彦词以雅驯深密为特色,如此类词却写得疏宕松秀,绝肖唐五代词风格。

马如飞。归未归?谁在河桥见别离。
修杨委地垂。

掩面啼。人怎知?桃李成阴莺哺儿。
闲行春尽时。

【今译】

马儿跑得飞快,人儿回来不回来? 当年谁
　　在河桥看着我们分手?
现在垂柳又长得挨着地面了。

我掩着脸啼哭,旁人又怎能懂得这一切? 路
　　旁的桃李已成荫;黄莺也在忙着哺育它的
　　雏儿。可是我却依然独自在暮春时节闲逛。

长 相 思

舟 中 作

此词写江晚景色如画,上阕境界尤佳。

好风浮。晚雨收。林叶阴阴映鹢舟①。
斜阳明倚楼。

黯凝眸。忆旧游。艇子扁舟来莫愁②。
石城风浪秋③。

【今译】

和风轻拂,晚雨初收。成片的树林正在暗下
 去,衬托出一条彩色游船的身影。
我倚着船楼眺望,欣赏着夕阳明亮的馀晖。

我长久地凝视着,一阵惆怅兜上心头。我想
 起旧时的游侣来了。
那时候,我和一群花枝招展的姑娘乘着小艇

扁舟,尽情玩耍。虽说石城的秋天,江上
风高浪急,我们也全不在乎!

【注释】

① 鹢舟:头部画着鹢鸟图形的船。《淮南子·本经训》:"龙舟
鹢首,浮吹以娱。"

② 莫愁:女子名。古乐府《莫愁乐》:"莫愁在何处?莫愁石城
西。艇子打两桨,催送莫愁来。"按:莫愁善歌谣,此泛指歌女。

③ 石城:今湖北钟祥市。

南 乡 子

　　此词上阕是追忆，下阕是目前。词人于春末夏初闲行溪畔，触景生情，忆及去秋别去之佳人，遂有"收取莲（怜）心与旧人"之叹。

秋气绕城闉①。暮角寒鸦未掩门。
记得佳人冲雨别，吟分②。
别绪多于雨后云。

小棹碧溪津。恰似江南第一春。
应是采莲闲伴侣，相寻。
收取莲心与旧人③。

【今译】

秋天萧瑟的气息在城门缭绕。已是傍晚时分，
　　画角声呜呜地响着。乌鸦归巢，大门未闭。
记得那一天她是冒着雨，与我珍重道别。哎，
　　多可叹啊！
从此心头的离愁别绪，就比那雨后乱纷纷的

中华聚珍文学丛书——周邦彦词今译

浮云还要多。

如今我又来到碧绿的溪水旁,但见轻灵的小
　　船随波来往。这情景真像天下第一的江南
　　春色。
哦,大概是采莲姑娘们趁着闲暇,互相呼引,
　　在收取莲(怜)心,打算给她们旧日的情郎捎
　　去吧!

【注释】

　　① 城闉(yīn 阴):城门,或泛指城郭。鲍照《行药至城东桥》:
"严车临迥陌,延瞩历城闉。"
　　② 吟:叹息。
　　③ 莲心:"怜心"的谐音。此类双关隐语,民歌中多有用之。

南 乡 子

拨　燕　巢

　　此词通过若干行动细节,把少女情窦初开的心理状态描写得异常真切生动,饶有情致。

　　轻软舞时腰。初学吹笙苦未调。
　　谁遣有情知事早？相撩。
　　暗举罗巾远见招。

　　痴騃一团娇①。自折长条拨燕巢。
　　不道有人潜看着,从教②。
　　掉下鬟心与凤翘③。

【今译】

　　跳起舞来,她的腰肢柔软又轻盈。现在正
　　　　开始学习吹笙,却还老是会走调。
　　也不知是谁教的,小小年纪她就很多情,懂
　　　　得不少事了。竟然学着去挑逗男子——

老远就举起花手帕,偷偷地摇啊摇的。

她傻乎乎的模样儿多娇憨。看见燕子在巢里
　亲昵地依偎着,她就折一根长树枝来拨弄
　它们。
没想到被旁人偷偷看见了,顿时羞得低下头,
发鬓和凤翘一齐往下掉。

【注释】

① 痴騃(sì似):傻里傻气。
② 从教:于是使得。
③ 鬟心:中心的发鬟。　凤翘:妇女头上的饰物。

烛 影 摇 红

据《历代诗馀》引《古今词话》云:"王都尉(诜)有《忆故人》词云:'烛影摇红向夜阑,乍酒醒、心情懒。尊前谁为唱《阳关》,离恨天涯远。   无奈云沉雨散。凭栏杆、东风泪眼。海棠开后,燕子来时,黄昏庭院。'徽宗喜其词,犹以为不尽宛转,遂令大晟乐府别撰腔。周美成增损其词,而以首句为名,谓之《烛影摇红》云。"现在,我们试把王诜的原作和周邦彦的改作对照来读,是否可以从中领悟到一些道理呢?

芳脸匀红,黛眉巧画宫妆浅①。

风流天付与精神,全在娇波眼。

早是萦心可惯②。

向尊前,频频顾眄。

几回相见,见了还休,争如不见③。

烛影摇红,夜阑饮散春宵短。

当时谁会唱《阳关》④,离恨天涯远。

争奈云收雨散。

凭阑干,东风泪满。

海棠开后,燕子来时,黄昏深院。

【今译】

香喷喷的脸儿，胭脂敷得均匀；黛色的眉毛，
　　勾画得精巧玲珑。这淡妆正是宫中的式样。
她那种天然生成的风流气质，全在一双娇波
　　欲流的妩媚眼睛里。
我们很早就互相属意称心，
在筵席上常常眉目传情。
也曾有好几次见面，但仅仅是见面，倒不如
　　不见面更好些！

红色的烛光摇晃着，更深夜残，筵席散了。美
　　好的春宵，我们只觉得它太短。
啊，当时谁知道会有唱《阳关曲》的一天？可
　　是到头来竟是天涯远隔，离恨绵绵。
有什么办法啊，一切都已经雨散云收了。
当春天来时，我只能倚着栏杆，泪流满面。
眼看着海棠花开尽，燕子也从南方飞回来，
　　还独自在黄昏时深深的院落中苦苦地思念
　　着你。

【注释】

① 黛：青黑色的颜料，古代用以画眉。

② 萦心：萦系于心。　可惯：称心爱宠。

③ 争如：怎似，何如。

④ 谁会：谁知道。　《阳关》：即《渭城曲》。唐代王维作。其词曰："渭城朝雨浥轻尘，客舍青青柳色新。劝君更尽一杯酒，西出阳关无故人。"后乐工增衍为《阳关三叠》，成为别筵上流行的曲子。唱《阳关》，也就成为离别的代词。